梅里克家族

竞选风波

(美)弗兰克·鲍姆 著

郑榕玲 译

企业管理出版社

图书在版编目（CIP）数据

竞选风波 /(美) 鲍姆著；郑榕玲译.
—北京：企业管理出版社，2015.12

ISBN 978-7-5164-1172-8

Ⅰ.①竞… Ⅱ.①鲍…②郑… Ⅲ.①儿童文学—长篇小说—美国—近代 Ⅳ.①I712.84

中国版本图书馆CIP数据核字(2015)第313105号

书　　名：	竞选风波
作　　者：	弗兰克·鲍姆
译　　者：	郑榕玲
责任编辑：	韩天放　尤　颖
书　　号：	ISBN 978-7-5164-1172-8
出版发行：	企业管理出版社
地　　址：	北京市海淀区紫竹院南路17号
邮　　编：	100048
网　　址：	http://www.emph.cn
电　　话：	总编室（010）68701719　发行部（010）68414644　编辑部（010）68701292
电子信箱：	80147@sina.com
印　　刷：	北京宝昌彩色印刷有限公司
经　　销：	新华书店
规　　格：	145毫米×210毫米　　32开本　5.75印张　129千字
版　　次：	2016年3月第1版　2016年3月第1次印刷
定　　价：	25.00 元

版权所有　翻印必究·印装有误　负责调换

目 录

第 一 章　道尔小姐参战 …………………… 001
第 二 章　年轻的艺术家 …………………… 010
第 三 章　堂吉诃德 ………………………… 018
第 四 章　肯尼斯果断出击 ………………… 025
第 五 章　统筹计划 ………………………… 032
第 六 章　开门红 …………………………… 042
第 七 章　帕琪成果丰硕 …………………… 050
第 八 章　霍普金斯出师不利 ……………… 059
第 九 章　老威尔·罗杰斯 ………………… 070
第 十 章　伪造的支票 ……………………… 079
第 十 一 章　离奇失踪 ……………………… 088
第 十 二 章　贝丝碰壁 ……………………… 096
第 十 三 章　自食其果 ……………………… 103
第 十 四 章　露西的幽灵 …………………… 109
第 十 五 章　时代的标志 …………………… 116
第 十 六 章　最后的线索 …………………… 125
第 十 七 章　长舌的议员太太 ……………… 136
第 十 八 章　伊莱扎·帕森斯 ……………… 143
第 十 九 章　帕琪偷听 ……………………… 153
第 二 十 章　不再烫手的山芋 ……………… 159
第二十一章　费尔维尤来报 ………………… 169
第二十二章　复苏 …………………………… 174

第一章　道尔小姐参战

帕特丽夏·道尔回到了纽约,现在她正待在家里,坐在餐桌前吃着早饭。"少校,"她喊道,"这有一封信,快起来仔细看看,你肯定会对信的内容感兴趣。"

"帕琪啊,"她的父亲道尔少校远远答道,"我已经起来了,正吃华夫饼呢。宝贝儿,世上只有你的漂亮脸蛋值得我仔细端详。"

华夫饼是女仆诺拉刚端过来的,约翰也吃得津津有味。"少校,"约翰开口了,"你们爱尔兰人就爱奉承,连夸自己的女儿都这么夸张。今早的帕琪可不算漂亮,她被晒得肤色发红,还长了日晒斑。"

帕琪莞尔一笑,机灵地眨了眨蓝色的大眼睛。

"那是因为之前一直住在你的旧农场上。梅尔维尔那边的太阳很毒。"她毫不示弱,"我们回来才三天,日晒斑怎么能这么快褪下去呢。"

"别理这个老家伙了,帕琪。"道尔少校从容地转移了话题,"也别使劲挥那封信了,挥得像举旗投降一样。谁的信?"

"肯尼斯的。"

"是吗!这小伙子过得怎么样?"

"别提了,他有了大麻烦。我正要跟你和约翰舅舅说这个事。"帕琪答道。平时她总是笑容可掬的样子,现在的表情却格外严肃。

"他不能想想办法吗?"约翰问。

"想什么办法?"

"想办法解决问题啊。"

"看情况不能指望他自己解决了。信上说……"

"直接说内容吧，孩子，"道尔少校说，"我看那封信少说有六十页，别再费劲读一遍了。"

"但是信上每个字都很重要。"帕琪说着把信翻过来准备念。不过她突然想起了什么，羞得满脸通红，补充了一句："除了最后一页。"

约翰会心地笑了。他是个睿智的人，立刻看穿了一切。

"那就读最后一页吧，宝贝。"

"我还是直接说吧。"帕琪立刻否决了，"是这样的，肯尼斯参加竞选了！"

"希望他一帆风顺！"道尔少校大声说道。

"肯尼斯竟然去参选了，"约翰倒是很冷静，"他竞选的什么？"

"竞选的……竞选的……我看看。哦，找到了，竞选众议院第八选区的议员。"

"这小子年纪轻轻野心倒不小。"道尔少校说，"不过肯尼斯聪明能干，是他们县里的大人物。肯定马到功成，顺利当选。"

帕琪摇摇头。

"他觉得不会那么顺利，所以担心得要命。"她说，"他不想失败，一直在为此烦恼。"

约翰站起来，把椅子推回原位。

"这个傻孩子！"道尔少校说，"他为什么要去蹚浑水？"

"他们选区现在的众议员是个坏蛋，肯尼斯想击败那个人，接替那人的位置。"帕琪解释，她满脑子都是肯尼斯的麻烦，"但是……"

"但是那个坏蛋和肯尼斯作对，想方设法地续任。"少校说，"坏蛋总是这样。"

约翰表情严肃，帕琪不禁向他投去感激的目光。一牵涉到肯尼斯，她父亲就开始调侃，或许少校自觉上了年纪，有点嫉妒年轻小伙。

"我认为，"帕琪表达了看法，"八成是沃森先生让他参选的，不然他肯定不会参与政事。肯当了候选人才发现自己只能等着落选，所以他很伤心，约翰舅舅。"

约翰点了点头，他脸上的笑容消失了。他的反应是个好兆头，帕琪知道他对肯尼斯的境遇产生了兴趣。

"很久以前，"少校盯着晨报头也不抬地说，"我也参过选。我去竞选验尸官，就获得了两张票——一张我的，一张送葬人的。谁当选大家都无所谓，所以之后我再没参与过竞选。"

"但竞选是大事，非常重要。"约翰站在窗边把手插进口袋，"每个优秀的美国人都该关注竞选。像肯尼斯这样已经参选的，更要为自己的选区谋福利。"

"我对政治很感兴趣，舅舅。"帕琪说，"如果我是男的，我……我肯定能当总统！"

"那我每天都要给你投20票，宝贝！"少校大嚷，"不过你顶多能当个女性俱乐部的总裁。"

"门铃响了！"帕琪大声说，"肯定是两位表姐妹。别人不会一大早过来。"

"我听见贝丝的声音了，她在和诺拉说话。"少校竖起耳朵说。大门敞开，两个神采奕奕的姑娘走了进来，准备接受热烈的欢迎。

"啊，露易丝！"帕琪很惊讶，"你怎么起得这么早？"

"因为我收到了肯尼斯的来信，"露易丝激动地答道，"于是迫不及待地赶过来了！"

"看露易丝这样子，就能想象她收到信时多激动。"贝丝冷静地说，她吻了约翰以示问候，然后走到帕琪身边坐下，"她本来躺在床上，读完信立刻跳下床。我们更衣的速度都能媲美杂耍艺人的瞬间换装，我敢说我们的帽子都戴歪了。"

"今天看来是不能消停了，"少校说，"帕琪也刚收到他的来信。"

"是吗？"露易丝问，"你都知道了吗，亲爱的帕琪？"

"她都读了足足六十页的信。"道尔少校答道。

"那么，你说该怎么办呢？"

这个问题帕琪还没想好。三个表姐妹互相打量了一下，然后满怀期待，齐齐望向约翰。胖墩墩的约翰仍然站在窗边，仿佛在阻挡晨光射入。

露易丝·梅里克和她母亲住在一起，住所和帕琪家相隔几个街区。露易丝的表妹贝丝·德·格拉夫正在她家暂住。之前姐妹几个都在梅尔维尔和约翰一起避暑，几天前才回纽约。贝丝家住俄亥俄州，她和父母脾气合不来，就尽可能离家远远的。贝丝的母亲是约翰的妹妹，两人却完全不像一家人，约翰和蔼大方，贝丝的母亲却自私冷漠。贝丝的父亲在大学教音乐,是个天才——生活在自己的世界里,完全无视别人的存在。所以贝丝的童年无趣又孤单。直到约翰从西海岸赶来庇护三个侄女,贝丝的生活才发生了转机,有了欢乐和趣味。

新环境成功地塑造了贝丝的性格,尽管有时还是会情绪低落,但她其实和两个表姐妹一样活泼开朗,只是表现得更加冷静、更加内敛。

露易丝年纪最大,长得美丽动人,有种难以言喻的魅力,总是能牢牢抓住周围人的视线。她穿的每件衣服都合适又得体,举止态度也同样讨人喜欢。她有点狡猾,还有点孩子气,却是个热心肠,对朋友情真意切。露易丝就是一个难解的迷,谁也看不透。

贝丝·德·格拉夫在三个表姐妹里是最漂亮的,性格也是最沉稳的,她有一双漂亮的黑眼睛。贝丝有些自卑,生怕别人不喜欢自己,所以她不像露易丝一样容易结交朋友。不过熟悉她的人都能在她身上找到许多优点。三个表姐妹被珍和约翰·梅里克改写了命运,而在这三人里,露易丝是最有趣的一个。

但是,无论生人还是朋友,大家最喜欢的都是帕特丽夏·道尔——朋友们都亲切地叫她"帕琪"。她的脸上长着可爱的雀斑,总是笑得很灿烂,灵动的蓝眼睛一直神采奕奕,红色的头发看起来活力十足,全身散发出令人难以抗拒的神秘吸引力。帕琪不算漂亮,没有什么高超的才艺,也没什么突出的特点,但整个人都格外引人注意,能自然而然地牵住所有人的心。

"她比所罗门还聪明许多。"道尔少校在描述自家女儿性格时,曾经这么对约翰讲过。不过这话可能是少校出于偏爱,说得夸张了。

"那么，我们该怎么办？"露易丝又问了一遍。

"我们又不在肯的选区，没法给他投票。"少校提醒道，"不然他一下能得六票，比我的最高纪录还多四票！"

"肯容易受打击，我怕这次败落会让他从此失去干劲，"贝丝轻声说，"希望我们能帮他摆脱麻烦。能不能让他退出？"

"或许我们可以叫他去欧洲，"露易丝提议，"这样他就能远离选区，换个新环境了。"

帕琪摇摇头。

"肯尼斯不是懦夫，"她说，"他不会夹起尾巴逃跑。身为一个男子汉，他必须接受落选的事实，以后再卷土重来。怎么了，约翰舅舅？"

约翰转过身，用责备的眼光盯着三个姑娘。

"你们为什么认定他要落选？"他问。

"他自己这么写的。"帕琪说。

"信上说他已经不抱期望了，所有人都反对他。"露易丝补充。

"是吗？"约翰不屑地哼了一声，"那个笨蛋还说了什么？"

"他说自己又孤单又沮丧，必须找人倾诉一下，不然会发疯的。"帕琪说，她的眼中满是同情的泪水。

"你们几个就打算坐在这袖手旁观吗？"约翰严厉地责问她们。

"你说我们吗？"露易丝皱起眉头无奈地摊开双手，"我们能干什么？"

"去行动！"约翰说。

"怎么行动？"帕琪急切地问。

"竞选就像打扑克，"约翰断言，"在打完最后一张牌之前都不能定输赢。而且胜利的要点不在于起手牌好坏，而是在于如何适当地出牌。我们有三个聪明能干的姑娘，为什么不去帮他获胜呢？"

"哦，约翰！"

最初大家都反对这个提议。

"没错，没错！"道尔少校语带嘲讽，哈哈大笑，"去穿上文学女性的蓝袜子，熟读妇女参选的历史，结交一群狐朋狗友，然后去面对肯尼斯愤怒的选民吧！"

"如果对肯尼斯有帮助，我什么都肯做，爸爸。"帕琪坚定地说。

"继续说吧，约翰舅舅。"贝丝期待约翰说下去。

"女性们参政往往有很大的影响力。"约翰说，"孩子们，你们不必使自己蒙羞，你们只需要发挥聪明才智，努力地达成目的就行了。方法多得是。"

"说来听听。"少校想听。

"我得先去埃尔姆赫斯特看看情况，再谈解决办法。"约翰答道。

"那你要出门了？"

"没错。"

"我和你一起去。"帕琪毫不犹豫地说。

"我也去。"贝丝说，"肯尼斯现在急需精神鼓励，需要有人支持。"

"他会胡思乱想，搞得自己沮丧不已。"露易丝说，"我们都去吧，大伯，然后想办法让肯尼斯振作起来。"

听到这番话,约翰露出了亲切的笑容。

"当然了,我一开始就相信你们会去。"他说,"少校老是说风凉话,他本来也得去,不过他得留在纽约打理生意。我们不能浪费时间,第八选区11月8号就要选举了。"

"我和贝丝随时都能出发。"露易丝说。

"我只需要准备一双蓝袜子。"帕琪笑道。

"我们去了就得工作,不是去玩的。"约翰严肃地说。

"我们肯定非常能干,"贝丝答道,"对不对,姐妹们?"

"当然了!"

"好,"约翰·梅里克说,"我去看看下一趟火车什么时候出发。露易丝,回家打包行李吧,我会给你们打电话的。"

"那个坏蛋可要当心了,"道尔少校开心地笑了,"他还不知道一支大军要来对付他。"

"少校,"帕琪大嚷,"别开玩笑了,我们都是认真的。"

"如果你们成功了,"少校说,"我就穿上衬裙去竞选市议员,然后雇你们当帮手。"

第二章　年轻的艺术家

埃尔姆赫斯特有宏伟的公馆、广阔的土地、别致的园林景观，绝大多数人看到如此景色都会兴奋不已、沉浸其中。年轻的地主肯尼斯·福布斯本可以尽情地享受这一切，但他只觉得空旷孤独。

公馆四周有好几英亩的空地，连个邻居都没有。附近有个不起眼的小镇，还在五英里外。埃尔姆赫斯特还是县里数得上的豪华建筑，在附近耕作的农夫们都敬而远之，觉得地主大人遥不可及。

这并不是地主的过失，肯尼斯左思右想，最后认定土地太大不是什么好事。他被社会孤立起来，建立不了社交关系，没有邻居可以让他去交流。

肯尼斯还小的时候就搬到了埃尔姆赫斯特，他被珍舅妈收养了。珍的丈夫去世后把埃尔姆赫斯特作为遗产赠予了珍，珍就收养了他的侄子——一个无依无靠的孤儿。珍和肯尼斯只有名义上的亲戚关系，并不是法定的亲戚。她虽然和他舅舅订了婚事，却在她嫁过去之前，肯尼斯的舅舅就死于车祸了，那时候肯还没有出生。

在肯尼斯看来，珍是个脾气古怪的老太太，从来没给过他一点关心和疼爱。他住在宽敞公馆的偏僻角落里，在仆人们的抚养下长大，只能在空旷的土地上独自玩耍。珍从来都不去关注肯尼斯，肯尼斯一直很孤单，众人的漠视让年幼的他变得性格乖僻。之前珍把三个侄女请到埃尔姆赫斯特，想从中挑出继承人，那时的肯尼斯特别难以亲近。不过三个聪明伶俐的姑娘闯进了他的世界，拓宽了他的眼界，让他不再愤世嫉俗。肯尼斯私底下喜欢画画，姑娘们发现他有难得一见的艺术家天分，就鼓励他公开练习绘画。

然后肯尼斯遇到了人生的转机，他不再是个附属品，变得非常富有。珍去世之后，大家发现她没权利把遗产留给侄女，因为肯尼斯的舅舅只是把遗产赠给她，她死后财产权又重归肯尼斯所有。露易丝·梅里克、贝丝·德·格拉夫、帕特丽夏·道尔，三个侄女都很高兴肯尼斯能继承埃尔姆赫斯特，就坐车各自回家。在这段时间里，四人之间建立了牢不可破的真挚友情。

肯尼斯成了埃尔姆赫斯特的主人，还获得了一笔可观的财富。他头一次觉得自己交了好运，打算合理利用这些财产。他有一位忠实可靠的朋友叫沃森，这位沃森先生是一位老律师，他不仅是肯尼斯舅舅的好友，还是珍多年的挚友。沃森先生一直很关注这个孤独的小伙子，尽力让他过得幸福快乐。

肯尼斯成了地主之后，沃森先生就做了他的监护人。慈祥的老律师不再从事法律事业，而是一心一意地去照顾他的被监护人。

两人结伴去了欧洲，肯尼斯在那里看到了许多著名的画作，还接受了几位一流艺术家的点拨。

本书故事发生的一年前，肯尼斯和沃森刚到国外，他们就再次遇到了三个姑娘。她们正和单身富翁约翰一起研究欧洲的风土人情。约翰·梅里克是一位仁慈大方、性格淳朴的老绅士，他说要庇护三个侄女，也说到做到，他照顾人的方式比他的妹妹珍周全多了。

读者们很快就能了解到，这位约翰实在古灵精怪。他是个百万富翁，但本人却说是"迫不得已"。他人过中年才结识三个侄女，觉得她们的生活非常有趣，便和她们一起玩乐。他和帕琪的父亲道尔少校是好友。道尔少校是个性格开朗、惹人喜爱的爱尔兰老绅士，是个开心果，和三个姑娘一样经常逗约翰开心。少校帮约翰打理财产，约翰才能腾出时间做他想做的事情。

于是约翰就带了三个姑娘去欧洲，四人经历了一场愉快的冒险之旅。他们在意大利的西西里岛遇上了肯尼斯和沃森先生，就一起去意大利的城市里游玩。四个年轻人的友谊变得更加深厚。

入春之后，肯尼斯和他的监护人一起回到了埃尔姆赫斯特，然后他就开始花大量时间去描绘在国外画的草图。每当此时沃森先生就会点上烟斗找个舒服的地方坐下，阅读喜欢的文学作品。老律师对现状很满足，但年轻的肯尼斯开始沉不住气了，渴望与人交流。他有些喜怒无常，还习惯压抑自己的情绪。

约翰后来带着三个侄女去了阿迪朗达克区，到梅尔维尔的一个农场消暑。此后一段时间肯尼斯就很少收到她们的信了。

这就是本次故事的大致背景。

肯尼斯在不久前的5月15日举行了成人礼。沃森先生交出了账簿，把遗产物归原主。沃森先生原本想退休，但肯尼斯坚持要他留下来。肯尼斯虽然成人了，却和其他二十出头的年轻人一样稚气、不谙世事。他一直很依赖沃森先生，突然让他挑大梁，他会觉得无所适从。

老律师和他感情深厚，非常了解他，自然明白这一点。所以沃森先生打算永远留在这位年轻人身边，用通俗易懂的方法指导他，教他如何面面俱到地处理事务，同时也教他如何腾出时间去做感兴趣的事。

埃尔姆赫斯特周围的农场肥沃又高产，住着许多农民。不过这里并不是平原，大自然还点缀了一片片的丛林、沙地、岩滩和峡谷，让这里的景致变得更加生动迷人。

农场西边的丘陵地带有几条湍急的小溪流过来，沿着石滩一路白浪翻涌，最后汇聚到离埃尔姆赫斯特九英里的河道里。那石滩附近的景色很美，可以入画。当肯尼斯还是个被人忽视的孩子时，就常常在这里漫步，不过他已经很多年没去过了。他回味着孤独，忽然想到有个美丽的峡谷可以画一下，于是某天早晨，他骑上马，打算先去那里查看一下。肯尼斯走过时，路边的农夫们都友善地朝他点头致意，他们都经常看到他。但是肯尼斯还不知道这些邻居叫什么，也没和他们做过交流。他们似乎对他不感兴趣，所以那个早上，肯尼斯受到了打击。他以前不爱交际，接管埃尔姆赫斯特后也很少去和周围的人进行交际。

原因之一在于双方的共同点太少了。周围的农夫们都是节俭的老实人，而且大部分人都很善良，但他们都不肯主动去找附近的富豪结交，更何况这位富豪似乎对他们没兴趣。

他们对肯尼斯做了各种各样的推断，关于他性格的评价五花八门，说什么的都有。有的说他"假正经"，断定他是个自负的人；有的说他"优柔寡断"，做事不经大脑。不过，那些和他来往过的人都对他有些了解，都说他将来肯定是个"顶天立地的男子汉。"

肯尼斯今早格外热情地跟几个邻居打招呼，情绪高涨得连他自己都吃了一惊。当他路过公路，看到一个农夫正骑着一匹马一瘸一拐地走着，他上前拦住了那人。他很了解马匹，于是告诉农夫治疗的方法，农夫满怀感激地接受了建议，连连道谢。

这件小事让肯尼斯高兴的不得了。他吹起口哨，优哉游哉地骑进峡谷。乡路到这里就断了，旁边是湍急热闹的小溪。

他在形状奇特的"平顶岩"之前停住，下了马。他就是来看这块石头的，但低头看去，他立刻懊恼地叹了一声。平顶岩平坦的表面上画了一条处方药的广告，是用晃眼的白色油漆涂上去的，字母还写得斗大。整片美景都被毁了，抢眼的广告牢牢占据了观景人的视野。

最初肯尼斯只是有些反感。随后他想起沿着峡谷走还有一处绝景，足以媲美这里——在广告涂在平顶岩上之前，这里的风景非常怡人。于是他调转马头赶了过去。但迎接他的只有几个刺眼的红色大字"辛普森牌肥皂"。

肯尼斯的失望很快变成了熊熊怒火。就在他坐在马背上沉思的时候，骑着瘸马的农夫正好路过他身边。

"请问，"肯尼斯问，"这里是谁的地产？"

"哦，是我的。"农夫答道，让马慢慢停下。

"你就愿意让人在石头上胡写乱画？"小伙子愤怒地问。

"我当然愿意。"农夫答道，他开心地咧嘴笑了，"石头上又不能种地，对吧？每画一个，我每年能多赚十美元呢。"

肯尼斯叹了口气。

"如果你允许我擦掉这些字，让风景恢复原状，我一年给你十五美金。"他说。

"我很想答应，"农夫答道，"但是今年已经说好了，否则画广告的会找我麻烦的。"

"画广告的是谁？"

"那人住在克里夫兰。我家里有他名字，你可以跟我来。他每年春天过来漆篱笆和石头，然后当场付报酬。"

"我明白了。"

"然后他去联系卖肥皂和卖药的，为他们画上广告。你是埃尔姆赫斯特家的小主人吧？"

"对。"

"我很想多赚那5美元，是真的。我叫做帕森斯，峡谷中我的地里有三个地方刷了广告。如果你跟我一起回趟家，我会告诉你画广告的人叫什么。"

"好啊。走吧。"肯尼斯突然下定了决心。

农夫一边骑一边考虑着什么。他走不快，他的马瘸得厉害。最后他开口了：

"如果要擦掉那些字，你就得付钱给画广告的，很可能你还得付他颜料钱和手工费。"

"没关系。"肯尼斯答道。

农夫笑了。这件事太有意思了，埃尔姆赫斯特的小主人为什么那么讨厌广告，就是付钱也要擦了它们？

"很可能你还得赔钱给卖药的和卖肥皂的。"农夫吓唬他。

"很可能。"肯尼斯神色坚定。

肯尼斯倔强的劲头上来了。困难再多，他也铁了心要擦掉那些难看的广告。

在农夫家,他知道了画广告的人叫什么,还喝了一杯脱脂奶。回去时他走了另一条路,省得再看见烦心的东西。

但这条路上的广告更多。一路上到处都是,篱笆上有,粮仓上也有。肯尼斯愤怒地盯着每一个广告,但这些广告似乎都没有峡谷里的那么惹人厌,因为峡谷里风景更秀丽,他更喜欢。

第三章 堂吉诃德

回到家，肯尼斯对沃森先生讲述了他的所见所闻，请求这位忠厚睿智的老者给画广告的写封信，并考虑一下怎么处理这些广告。老律师听完捧腹大笑，不过还是愿意帮助他。

"如果你不想在乡下看到广告，"他说，"那你就有的忙了。"

肯尼斯望着老律师笑了。

"谢谢你。"他说。

"为什么要谢我？"

"谢谢你给我找了事做。我闲得心慌。"

老律师又大笑起来。

"你打算怎么做？"老沃森问道。

"我要把埃尔姆赫斯特周围的碍眼东西都清除掉。"

"这个任务很艰巨，肯。"

"正合我意。"

老律师陷入了沉思。

"我敢肯定，这是不可能的。"他断言。

"求之不得。我不一定能办得到，但是我会尽最大努力去做。我需要挑战一些难题，一方面用来打发时间，一方面看看我的能力究竟如何。"

"可是孩子啊！这种蠢事不值得你浪费精力。如果你想找点事做，我们就选别的事情吧。"

"不，沃森先生，我要去清理广告。绝不能让那些碍眼的东西玷污这里的美丽景色，我的天性不能容许。而且，似乎还没人去清理它们。"

"的确如此。如果你当真想着手去做，肯，我也要坦白地告诉你，这是不可能的。你或许能买下峡谷的石头，让别人画不了广告，但是广告商会在一切能打广告的地方下手，你应付不过来的。"

"我会把这个地区的广告全都清理掉。"

"不可能的。经商的都是靠打广告赚钱，农乡地区是他们的主要市场。他们想销售产品，就必须打广告。"

"那就让他们用更合理的方式打广告。我又不一定想买，那些卖肥皂的凭什么影响我看风景？"

"惯例是这样。百姓一直忍气吞声，所以那些商人就理直气壮地往所有的地方打广告。没人能阻止他们。"

"至少现在我还没有屈服，肯定有办法的。"

"清除一个，下一个就会立马画上去。他们花钱很大方……"

"是吗！可是一个粮仓大的石头，一年才付10美元！"

"但是他们租下成千上万个小地方，这里的农夫们能赚很大一笔钱。"

"还能毁了家园和农场的风景。"

沃森先生微微一笑。

"肯，他们不是艺术家，不能靠风景过活，但他们能利用广告来赚钱。"

"这只说明他们需要启蒙教育。那些农夫看起来都是忠厚的老实人。"

"没错，肯。我希望你能多了解他们。"

"我也想多了解，沃森先生。这次行动应该能拉近我们的距离，因为我需要他们的帮助。"

"恐怕你得付钱给他们。"

"不用每个都给。肯定有几个眼界高的能理解我。"

老律师并不赞同。尽管肯尼斯显然搞错了努力方向，老律师也不想浇灭这份新生的热情。他希望小伙子能快乐地投入到生活中，如果清除广告能让肯尼斯乐在其中，老律师也愿意帮他做无用功。肯尼斯涉世尚浅，肯定要付出一些代价，但他也会学到相应的经验和教训。

几天后画广告的回信了。信上说如果每块石头赔偿50美元，他就让出那些广告，而且以后也不会画上别的广告。肯尼斯立刻开了一张支票，填上索要的价目寄了过去。第二天一大早，他就带上"清理小队"直奔峡谷而去了。

"清理小队"由两个壮丁组成，他们带了几罐松节油和汽油，几把硬毛刷子。农夫帕森斯兴致勃勃地过来参观这个新奇的行动。想到今年能多赚15美元，他心里美滋滋的。两个壮丁勤勤恳恳地刷了一整天，他们没耐性的雇主也时不时来帮忙。但是颜料涂得很实在，牢牢地黏在凸凹不平的石头表面上，清理工作非常困难。日暮降临时，凑近看已经看不出那些字了，于是众人收工回家。但肯尼斯骑到了峡谷坳口停下来回顾，发现尽管用硬毛刷清洗了一整天，"史密斯牌猪肝片"几个大字仍然能清楚地分辨出来。不过肯尼斯并没有气馁。没人知道清理这三个广告花费了多少人力物力财力，不过十天后三个广告消失得干干净净。小伙子见状满意地叹了一声，开始扩展清理运动。

埃尔姆赫斯特北边的农场属于一个叫韦布的人。农场上有个粮仓，粮仓面对大路那面墙上画了个烟草广告。肯尼斯去拜访韦布先生，发现他没有收广告的钱。但是他也不让清除广告，因为他坚称广告涂料使那面墙免受风吹日晒。因此肯尼斯承诺为他漆上整座粮仓，也确实这么做了。要盖住广告就得涂很多颜料，所以花了很多钱。

这下埃尔姆赫斯特的小主人出了名，整个县都在谈论他的广告清理活动，农夫们都把这当笑料。

其中几个有头脑的觉得广告很碍眼，很尊敬这位堂吉诃德。但大多数人都对肯尼斯嗤之以鼻，许多人甚至放出话来拒绝清除自家的广告。实际上，一些人还为有广告而感到骄傲，很愿意让自家篱笆和牲口棚上画上诸如眼药水、泡菜之类的广告，这让他们觉得自己与众不同。

沃森先生最初还笑话肯尼斯，但看到大家对肯尼斯的嘲笑和斥责，就毫不犹豫地参加了清除活动。他打算周六晚上在本地的校舍举办会议，召集当地的农民，方便肯尼斯和农夫们进行理论，好让他们理解肯尼斯的想法。当地的人立刻接受了邀请，他们对这位年轻艺术家的新奇想法很感兴趣，不过他们更想看热闹，想看那个毛头小子闹笑话。而且本地的众议员，伟大的伊拉斯塔斯·霍普金斯也大驾光临，所以参加的人非常多，多得小屋子里都挤不下了。

这位伊拉斯塔斯对清除广告没有半点兴趣。他自己就是一家早餐食品厂的大股东，那家工厂见缝插针，到处刷广告。那些广告没有艺术气息，但切切实实能带来利益。在伊拉斯塔斯看来，打广告再正常不过了，只有傻子才会去反对。

这位议员出席的主要原因是十一月要改选众议员，这个晚会正好提供了和选民见面的机会，他想趁机树立良好的形象。所以他早早就过来了，和每个到场的人握手，然后挑了个最尊贵的位子坐了下来。

这个晚会表面上带有政治性,所以议员基本控制了整个场面。不过沃森先生还是上了讲台,郑重地介绍今晚的演说人。

农夫们都认识沃森先生,都敬重他。所以肯尼斯上台的时候,他们都满怀敬意地安静等待着。

通常来说,年轻人第一次做演讲不会很顺利。但肯尼斯满腔热血,情绪激昂,对众人的反对意见愤怒不已,以致于忘记了这是第一次公开做演讲,全心全意地向听众们传达着自己的想法。他发现私底下会跟自己胡搅蛮缠的人现在都没法开口回嘴,于是高兴得不得了。就这样,他诚挚地劝说众人爱护家园风景,远离低俗的广告,不能被利益蒙蔽双眼,为此破坏身边的美。他讲述了自己做出的成绩,以及如何让峡谷恢复最初的美丽。他希望大家看看韦布家的农场,看没了那难看的广告后有多漂亮。最后他呼吁大家齐心协力,把广告赶出本地。

等他讲完,大家都客气地鼓掌,因为他讲得很有气势,很带感情。

而那位议员立刻看出听众兴趣不大,就站起身来,要求上台给肯尼斯答复。

他说清除广告不过是有钱人的奢侈兴趣,这里是个民风淳朴的民主社区,不能纵容肯尼斯的坏习惯。他还讲到了自己的企业,他们从农民手中收购大量的燕麦,然后做成有名的鹰眼牌早餐食品,定价一美元十二包。然后他们把早餐食品卖给成千上万的农民,好让他们身强体壮,有力量去收获下一批燕麦。他说他在"循环造福整个地区"。这是互惠互利,因此他当然能随意宣传随意打广告,农场更是打广告的重点场所。贵族的喜好怎么可能阻止得了广告?那些广告还能提醒农民们日常用品是怎么来的，当然是大大的好事。

要是埃尔姆赫斯特的小伙子想造福大众的话，他可以找别的事做，做什么也比干这种傻事强。议员继续说个不停，他说这其实是小事，大家最应该关心的是他身为众议员已经为本地服务了很久，大家应该继续为他投票让他续任。然后他又开始大谈特谈眼下的政治问题，还特地宣扬他的成就。最后会议变成了霍普金斯的个人秀场，肯尼斯和沃森先生都听不下去了，愤怒地回到了埃尔姆赫斯特。

"那个姓霍普金斯的一点也不绅士。"沃森先生愤怒地说，"他是来搅局的。"

"我的演讲或许有点用，但全被他毁了。"肯尼斯忧郁地说。

"死心吧，孩子。"老律师将手搭在他肩膀上耐心地劝他，"不值得再为这件事费心了。"

"但是我放不下，不想认输。"肯尼斯沮丧得快掉泪了。

"好了好了，我们来重新考虑一下，看看有什么能做的。霍普金斯建议你去干点别的造福大众，没准他是对的。"

"我只想让这里变得更整洁，也就是除掉那些广告。"肯尼斯很倔强。

"刚才的演讲表现不错。"沃森先生叼着烟斗表扬他，"你是我的骄傲，孩子。"

肯尼斯脸红了。他的性格就是有点羞怯，只有心怀热情时他才能鼓起勇气面对困难。现在热情退去，他在后悔自己的无力，觉得演说毫无效果。他为人谦虚，觉得另一位演说家做得更好。

第四章　肯尼斯果断出去

演讲那天之后过了不到两周,这天早上,沃森先生坐在餐桌旁,从信封中拿出一张明晃晃的大明信片,然后对桌对面的肯尼斯说:"那个叫霍普金斯的人真令人不安。"

"怎么了?"肯尼斯本来在出神,听完立刻打起了精神。

"他发了一份通告,指定自己为党内初选提名的候选人。这是在以权谋私。现代社会的政坛理应自由开明,想不到竟沦落到这种地步。"

肯尼斯点点头,若有所思地啜着咖啡。自从那次演讲后,他就失去了充满热情的精神劲,很快又恢复到原来了无生趣的状态。沃森先生看了很是心痛。

"霍普金斯不适合做本地的众议员。"这位老律师突然干劲十足,说出这一句。

肯尼斯抬头望着他。

"霍普金斯是个怎样的人?"他问。

"他小时候,母亲在镇上开了一家文具店,他则在旅馆当马童。霍普金斯很聪明,他长大后就从政了,当了书记官还是收税员来着,然后是评税员,最后以极其微弱的优势当选了本选区的众议员。"

"为什么优势很微弱?"肯尼斯问。

"因为他是民主党,而本选区大部分人是共和党。共和党的汤普森也参加了竞选,但没能胜出。"

"汤普森是什么人?"

"是杂货店店长。他卖东西经常缺斤短两。"

肯尼斯呷着咖啡继续沉思。

"先生,你怎么知道这些的?"他问。

"我查看了霍普金斯的履历。那天晚上他实在太蛮横了,我讨厌他。"

"别管他,我们跟他没关系了。"

沃森先生坐在椅子上,不安地摇了摇头。

"恐怕不行。"他说。

"为什么不行?"

"听我说,肯尼斯,我们住在埃尔姆赫斯特,而这里归霍普金斯管。埃尔姆赫斯特是本地最大的富豪家族,而你是纳税最多的人。霍普金斯想进入众议院,制定一些律法来限制你。"

"然后呢?"

"我们有义务监督他。如果他不是个好人,我们更得提防他,以免他来和我们作对。"

肯尼斯迷迷糊糊地点点头。

"霍普金斯也好别人也好,"他说,"不管谁当选,肯定会有人来管我们。"

"除非你亲自出面。你是杰出的人才,应该维护本地利益。"老律师说。

"你是让我去蹚政坛的浑水吗?"肯尼斯焦躁地问。

"你随意,孩子。如果逃避责任不会让你良心受谴责,那我不会要求你什么。"

肯尼斯沉默了一会儿。最后他问:

"霍普金斯为什么不是个好议员?"

"他是个贪官,一直贪污受贿。只要有人送钱要求他为某个政策投票,不管那个政策是否对选民有利,他都会毫不犹豫地去投。"

"只有他自己这么做吗?"

"当然不是,政坛上到处都是贪官。"

肯尼斯再次陷入了沉思。

"沃森先生,我是民主党还是共和党?"

老律师哈哈大笑。

"你不知道吗,肯?"

"不知道,先生,我从来没想过这个问题。"

"那我建议你加入共和党。"

"为什么?"

"因为霍普金斯是民主党派,这样我们就能放开手脚对付他了。"

"这两个党派有什么区别吗?"

"没什么太大的区别。两个党派的人都是遵纪守法的好公民。如果把整个国家比作电器的话,两个党派就是电源的正负极,确保国家机器能正常运转。为了维护公民的利益,他们互相监视着对方。"

"你喜欢哪一个,先生?"

"我不常参与政治活动,如果非要参政,我就参加共和党。"

"那我也参加共和党。"

"很好。"

"很抱歉,我对政治一无所知,不知道该怎么下手。现在谁在反对霍普金斯——谁就是我们这边的?"

"还不清楚。离党内提名初选还有两周不到,但是共和党还没人报名。"

"本地区不是共和党派居多吗？"

"是的，但是上次霍普金斯获胜，共和党人似乎都吓怕了，没人愿意以身试险。"

"看来霍普金斯先生还是会当选。"肯尼斯断言。

"除非……"

"除非什么，先生？"

"除非我们去支援共和党派，亲自参与本地政事，孩子。"

肯尼斯站起来把椅子推回原位，然后走到窗边站定，考虑了一会儿，一言不发地走出了房门。

沃森先生也低头沉思。

"或许我在自找麻烦，"他低声说，"但我肯定没有做错。肯尼斯太年轻，得见见世面，了解一下人情世故。要是我能让他参与进来，这个计划一定能让他受益良多。"

然后他也站起身，到花园里漫步。他看到肯尼斯躲在一个偏僻的角落专注地画画。

之后的两天都没人提这个话题。一天沃森先生漫不经心地说了一句："众议院可以制定一条法律，禁止在本县的公共场所绘制广告。"

肯尼斯立刻来了兴趣，急切地望着老律师。

"你确定吗？"他问。

"我确定。"对方答道，"这不过是个特权问题。"

"你觉得我们能雇佣霍普金斯来通过这一律法吗？"

"不，我们不能相信他。"

"那你有什么打算吗？"

"我要仔细考虑一下,孩子,然后再告诉你。"

沃森先生走了。肯尼斯对这个建议很满意。他很感兴趣,一直挂念着,所以一有机会他就提起了这个话题。

"如果我认真地做某件事,就不希望它失败,先生。"他说,"如果这条律法能通过,我会全力支持通过它的人。"

"我也这样想。"老律师微笑着回答,"但是这条律法很奇特,只有一个人有足够的影响力,能在众议院争取到足够的票数才能使其通过。"

"那个人是谁,先生?"

"那就是肯尼斯·福布斯,埃尔姆赫斯特的主人,县里最大的纳税人。"

"你是说我吗?"

"没错,就是你。"

"要我去当众议员?"

"众议员是一个重要的职位,值得人们尊敬。如果你做了众议员,不仅可以让那些讨厌的广告远离你美丽的治地,还能改善农夫们的生活条件。好处不只这些。"

"还有什么好处呢,沃森先生?"

"你需要改变自己,孩子。至今你都活在自己的世界里,只关注自己的喜好。俗话说'想了解人类就要融入到人群中',参政能让你开阔眼界,能塑造你的性格,还能排解生活的无聊。"

肯尼斯皱起眉头。

"要知道这绝非易事。我们要面对一场恶战,因为霍普金斯肯定不会轻易交出他的位子。"

肯尼斯的双眼又有了神采。

"我喜欢奋斗，"他的声音饱含渴望，"如果我想——如果我确定自己能胜任，我愿意参加选举。"

"这就交给我来办吧。"老律师说，计划这么容易就成功了，他很高兴，"你要获胜，肯。而且我可以保证，和你同期的议员大都没有你优秀。这个情况也很有利。"

这件事就这样定下来了，小伙子和老律师都下定了决心，劲头十足地放手去做。

在接下来的两个星期里，沃森先生乘着马车走遍了整个选区，四处拜访选区里的选民们。后来大家都知道刚成年的埃尔姆赫斯特小主人要参加选举、要求成为议员候选人，共和党都没人敢和他竞争了。

大家都知道这是块硬骨头，就连意志最坚定的共和党人也觉得现任议员能够连任。

党内初选那天，肯尼斯上台做了演讲，获得了热烈的掌声。共和党一致通过，他理所当然地成了候选人。那些年长的政治家都很谨慎，不愿意苦战一番还要落得失败的下场。

霍普金斯很了解他们的想法，当他听到新的竞选对手是谁，他高傲地嗤笑一声，表示不屑一顾。他上次打败了一个老练的共和党斗士，所以才不怕对政治一窍不通的小毛孩呢。

"这次竞选根本没什么悬念。"霍普金斯先生这样对好友透露。

但他还是得按流程照常举行选举。

现在已是9月中旬，选举日在11月上旬。

第五章　统筹计划

伊拉斯塔斯·霍普金斯非常享受这次选举。

他不太受选民喜爱，他自己也清楚这一点。他长得粗壮结实，有一张大红脸，一双小眼睛眨个不停。他的头谢顶了，双手肥嘟嘟红通通的，还有一双大脚丫。

为了弥补外表的缺陷，霍普金斯先生从早到晚都带着丝绸帽，穿着双排扣男礼服，礼服口袋里露出又粗又大的金表链。胸前别了个巨大的钻石胸针，肥胖的手指上戴了好多戒指。他给人的印象不是文雅的绅士，反倒像个暴发户。沃森先生和选民们对此都有目共睹。

伊拉斯塔斯还被邻居们叫做"吝啬鬼"。他从不为别人花一分钱，在政治上不择手段。他天生就是商人性格，一点小事也要斤斤计较。但他从马童一路爬到现在的地位，从未出现过疏漏，没人能抓住他的把柄。他的熟人都多少有点怕他，都不敢公开批评他。

在这个富裕又重要的选区，由这么个人来担任众议员似乎有些奇怪。但许多政治游戏都是这样的。霍普金斯很有野心，对政治理解得很透彻。他篡夺了民主党领导人的位置，别人都不敢公然和他对抗。当他成为议员候选人时，他在共和党候选人汤普森——上文提到的杂货店店主——的选票上动了手脚。汤普森欠了霍普金斯一大笔钱，霍普金斯掌握着抵押单据。所以尽管选区的共和党票数居多，汤普森却不敢反抗，霍普金斯还拉拢了许多共和党人，最后胜出了。

本来他还有点担心这次选举，因为之前他并没有很好地为本地谋利。但共和党派的候选人是肯尼斯·福布斯，他觉得已经胜券在握，议员的位置唾手可得。要是选举就是比拼人品的话，霍普金斯基本没有胜算。但年轻的福布斯最近刚刚惹出了问题。霍普金斯针对他在校舍的反广告演讲展开了攻势，利用肯尼斯的行为嘲讽、奚落打击他。

他还把肯尼斯反广告的事编成笑话流传出去，说那个小伙子要求清除宇宙中所有的广告，还说因为杂货店的人打了广告他就不去店里买东西了。

霍普金斯先生还印刷了成千上万的传单，上面写着"时代的标志对贵族小子。请投票给伊拉斯塔斯·霍普金斯，他信赖广告标志的巨大作用。"

这些行动在各个社会阶层都有影响。肯尼斯花钱清理广告的行为招来了许多善意的笑声。埃尔姆赫斯特的居民们很快发现了这件事，心怀雄伟政治抱负的肯尼斯一下被打击到绝望的深渊里。整个选举活动都在针对他，他却毫不设防。

这时离选举只有三个星期了。就在这个当口，他收到一封电报，要他派一驾马车正午到火车站拉行李。电报署名人是约翰·梅里克。老友的来访让肯尼斯高兴万分。他肯定还带了姑娘们过来，不然不会叫马车。

"让选举见鬼去吧，"肯尼斯兴高采烈地对沃森先生说，"能见到朋友我就开心多了。"

老律师叹了口气。他本打算让肯尼斯振作起来，却以失败告终。主要是因为肯尼斯太容易受打击，所以他早早放弃了抵抗，又回到原来的颓废状态。

现在可以让他转移注意力了。不管来访者是谁，都能缓解一下沉重的气氛，给这个大房子带来一些生气。两人一起坐上马车，去车站迎接客人。

火车停了，车厢里跑出一群活泼可爱的姑娘：帕琪·道尔、贝丝·德·格拉夫、露易丝·梅里克，然后是拎着行李的约翰。他有条不紊地检查完行李，然后交给马夫托马斯。

"我们来看你了，肯！"帕琪大喊，她被肯高兴的样子逗笑了，"你见到我们开心吗？你猜老玛莎有没有为我们留着房间？"

"好久不见。"约翰说，"你要是看到那些行李，肯定会以为这几个小丫头要去环游世界。她们每人都带了一车的衣服。"

但是肯尼斯没法一下开朗起来。他已经好几个月没露出开心的表情了。

几个客人坐上了高高的马车，前往五英里外的埃尔姆赫斯特，一路上欢声笑语不断，绝口不提政事。

自从两年前珍去世后，几个姑娘就再没来过这里了。她们简单地吃过午饭就开始查看每个房间，然后把花园、土地和畜舍看了个遍。等全都看完了，她们才去找女管家老玛莎，去了各自的房间安顿行李。肯尼斯当向导，带着姑娘们四处游览，等她们都回房间后就去了书房。约翰和沃森先生正在书房谈论他们的烟斗，看到小伙子过来，就不动声色地换了话题，三人相谈甚欢。

当天晚上，他们愉快地共进晚餐，肯尼斯彻底忘记了烦恼，前所未有地健谈。

吃完饭，大家都去了大客厅，围在炉火前。这时，几个姑娘的表情突然变了。帕琪是她们的头儿，她严肃地看着肯尼斯，问道：

"活动情况怎么样了，肯？"

"什……什么活动？"他结巴起来，想拖延时间。

"就是选举活动啊。跟我们讲讲吧。"帕琪说。

"以后再说吧，"肯尼斯满脸通红，看起来很困扰，"你……你们肯定觉得这事没意思。"

"为什么？"露易丝轻声问。

"因为我觉得很没意思。"他答道。

"你这么肯定吗？"贝丝问。

"如果你非要问的话，我肯定我要输了。"想起自己的窘境，他皱起了眉头。

"你这么胆小，现在就要放弃了？"帕琪大胆地问。

"你这是什么意思，帕琪·道尔？"肯尼斯的眉头皱得更紧了。

"就是字面的意思，肯。勇敢的人从不言败，更别说还没开始做呢。"

肯尼斯坚定不移地回望着她。

"我一点也不勇敢，亲爱的帕琪。"他的态度比姑娘们想象中还要温和，"这里的人不理解我，我也不理解他们。他们嘲笑我、辱骂我、蔑视我。我……我很受伤。我不喜欢失败，如果有一丁点希望，我也会战斗到最后一刻。但我的困境是自己的愚蠢和老实造成的，我一开始就输了这么多，显然无望翻盘了。就是这样，姑娘们，别再提这件事了。弹那首我喜欢的夜曲吧，贝丝。"

"我们过来就是谈这个的，肯尼斯，而且会经常谈。因为我们就是来帮你竞选的，不是为别的。"帕琪把话挑明了。

"什么！你们？帮我竞选？"他的嘴角微微勾了起来。

"正是。我们是来鼓励你,帮你奔走的。"

"还要帮你获胜。"贝丝平静地补充。

"还要让你在众议院获得应有的地位。"露易丝说。

肯尼斯转向约翰。

"你劝劝她们吧,约翰。"他恳求。

"我劝过了,"约翰微笑了,"但她们是认真的,说动了我。大家都是以一个公民的身份来拥护你的,你基本等于当选了。"

肯的双眼湿润了。

"你们太体贴了,"他说,"你们总是这样。我……我非常感激你们。但是我没有希望了,沃森先生会告诉你们,我们已经无能为力了。"

"情况怎么样,沃森?"约翰转头去问老律师。

"我会说明的,先生,你们很快就能理解。"他答道,然后把椅子拉到大家附近,"事情的开头是这样的:某天肯尼斯想去峡谷写生,却发现他用来当桌子的平顶岩上画了个广告。"

"怎么能这样!"露易丝说。

"峡谷里一共有三处画了巨大的广告,它们破坏了自然之美。肯尼斯买下了这三个地方,擦掉了那些广告。从那以后,他就开始讨厌那些难看的广告,但每次出门都能看到其他的,于是他开始发起清除广告的活动。"

"做得很对。"帕琪用力点头。

"但肯尼斯成果不大,因为当地人都不赞同他。"

"为什么会这样,先生?"贝丝问。讲到不顺利的地方,肯尼斯不由得在心里暗暗抱怨。

"因为大家都习惯忍受广告，觉得没什么坏处。"老律师说，"他们允许商人在面对大路的墙和篱笆上画广告，还有的人家里、田里都立了广告牌子，都是些药品、杂货、烟草的广告。总之，那些厂商不择手段，在这里毫无顾忌地展示商品，附近的景色都被广告破坏了。肯尼斯是个天生的艺术家，他热爱乡村美景，就开始和见缝插针的商业主义作斗争。"

"我这是以卵击石。"小伙子苦笑。

"但是你做得很对，"帕琪坚定地说，"不能让他们肆意妄为。"

"可大家并不这么想。"他答道。

"那我们就得改变他们的想法。"露易丝说。

"就在短短的三周里？"

"只要我们动手做，三周的时间足够长了。对吧，姐妹们？"贝丝说。

"肯尼斯想制定反广告的律法，就去当了候选人。"老律师解释说，"但是他的竞争对手霍普金斯先生利用这件事煽动群众去反对他。这里的农夫们都很节俭，他们不想失去那笔微薄的广告收入。"

帕琪严肃地点点头。

"我们会改变这一切的。"她说，"事情远比我们想象的更严重更困难，但我们就是来帮你获胜的，说到做到。对吧，约翰舅舅？"

"我打赌你们三个能做到，帕琪。"约翰答道，"但是我不会拿全部家当来赌。"

"你们这是白费力气。"肯尼斯说。

"我倒不觉得，"老律师严肃地说，"姑娘们有很大机会能赢。我了解这里的人，他们比你想象的要聪明许多。只要他们能转变思路，他们就会全心全意支持你。"

"那我们必须把他们的想法纠正过来。"帕琪坚决地说，"从现在起，肯，我们就是你的参选经理人。你不用担心这件事，放心画画就行了。我们会让你做几次演讲，剩下的细节都会为你安排好。"

"你允许她们这么做吗，约翰？"肯尼斯问。

"我和姑娘们是一条心，肯，我相信她们。"

"但是她们会很难堪的！我已经吃到苦头了。"

"放心，我们会成为整个选区里最受欢迎的淑女！"帕琪说，"不用担心我们，肯，不过你得告诉我们，选区有多大？"

"包括三个县，分别是门罗县、华盛顿县和杰克逊县。"

"这里是哪个县？"

"门罗县。"

"这里有城市吗？"

"没有，只有一些镇子，这里基本上是以乡村为主。华盛顿县边界上的费尔维尤是最大的村庄。"

"你有汽车吗？"

"没有，我不喜欢机械，更喜欢骑马出门。"

"你的预算是多少？"

"预算？那是什么？"他糊涂了。

"参加政治选举肯定要花钱。"帕琪解释，"我敢说那个坏蛋肯定开销很大，各方面都要花钱。我们想赢，也要付出代价。"

小伙子皱起眉头。

"我不怕花钱,帕琪。"他说,"但是我不同意花钱拉选票,也不会让你们那么做的!"

"嘘!谁说要买选票了?我保证我们会做得光明正大,但是要花钱。"

"只要你们不操作选票,钱随便你们用。"

"很好。那么,你在埃尔姆赫斯特有多少土地?"

肯尼斯向老律师投去询问的眼神。

"约有1200英亩。"沃森先生说,"都分成小片的农场租出去了。"

"你的佣人和佃户能投多少票?"帕琪问道,语气活像个精明的商人。

"大概三四十票。"

"整个选区一共多少票?"

"3500票。"

帕琪倒吸一口气。

"这么多?"

"就是这么多。"沃森先生笑了。

"那我们必须给肯尼斯争取到至少1750张票?"

"没错。"

帕琪深深吸了一口气,转头去看贝丝和露易丝。然后几人都笑了。

"看来你要辞去经理人一职了。"肯尼斯被逗乐了。

"当然不会!这比我们想象的简单多了,对吧,姐妹们?"

"简直小事一桩。"露易丝轻描淡写地说。

小伙子闻言惊呆了。

"很好,"他说,"我拭目以待。"

"等着瞧吧,"帕琪爽朗地说,"明天我们就开始行动。"

第六章 开门红

第二天很早就开始吃早餐,这时帕琪公布了今天的计划。

"约翰舅舅和我驾马车去埃尔姆伍德小镇,"她说,"我们可能得去一整天,如果中午没回来也不用担心。露易丝和沃森先生乘四轮马车去拜访周围的农民们。亲爱的露易丝,沿着一条路尽可能往远处走,一路拜访选区内的农舍。"

"农夫们都在地里忙活呢。"肯尼斯说。

"露易丝不是去找农夫的,"帕琪说,"她要找的是他们的妻子。"

"他们的妻子又不能投票,帕琪。"

"但是她们能指挥丈夫选谁。"露易丝微微一笑,"只要能搞定女人,就等于搞定了她们的男人。"

"我该做什么?"贝丝问。

"你要待在家里,给当地的报纸写几篇文章。选区里有七家重要的报纸,其中五家属于共和党派。贝丝,要据理力争,你是我们的公关部。你还要印一些传单,最好选民人手一份。"

"好的,"贝丝说,"我明白了。"

这些准备工作让大家都鼓起了干劲,三个姑娘迫切地想开始工作了。早餐刚吃完,门前就备好了两辆交通工具。露易丝和沃森先生很快乘上四轮马车出发了。露易丝信心十足,相信自己的如簧巧舌能说动农夫们的妻子。露易丝的谈话技巧很高超,她喜欢谈天论地、与人辩论,她的措辞亲切又富有说服力，总是能牢牢抓住听众的心。

帕琪和约翰也上路了。在去往小镇的路上，帕琪认真地向他请教眼下的策略。

"我们行动要快，帕琪。"他说，"如果我们想做出成效，就得把事情做大。"

"是啊，"她表示同意，"但是我们要不要尽量给肯尼斯省钱？"

"我会暂时帮你们理财，"约翰说，"我会管理好账目。如果我们成功了，就把账单给肯尼斯，失败的话，我那些多得花不动的钱就有地方消化了。"

约翰总是为钱多烦恼。他热爱工作事业，经商多年，却没注意到自己赚了多少钱。等他回过神来，发现手里已经有了近千万的钱，这让他非常诧异。于是他立刻退出商业活动，想方设法地花钱，想减少烦恼。但钱太多他都管不过来，就连帮他理财的妹夫道尔少校都不知道该怎么处理这些钱。

无从得知这两位好心人偷偷做了多少好事。许多有能力的年轻人获得了事业的启动资金，更多的年轻人受到资助上了大学。慈善机构的管理人员收到过许多支票，都熟悉了约翰·梅里克的签名。即便这样散财，约翰的财富还是在飞速增长。他生性节俭，就算有时会做一些古怪的事，平时的花销也对财产总数没什么影响。所以他最喜欢做的事就是花钱来挑战看似几乎不可能成功的事，他本人称之为"用巨额的金钱和命运抗衡"。他很精明，再狡猾的人也骗不了他，他只喜欢通过合理的方式散财。

所以，针对这次独特的政治活动，约翰已经在心里盘算好了，他想做些出人意料的事，让肯尼斯的选民们大吃一惊。他没有把自己的计划全都告诉帕琪，只是鼓励她放手去做。其实，只要他能够帮忙，他就绝不会让她们遭受失败。

二人下了马车，发现这个叫埃尔姆伍德的小镇非常安静，没什么人气。农作物刚刚成熟，农民都在地里忙着收割，只有周六大家才会带着粮食来镇上卖。每天一来一去的两班火车也没在镇上造成什么反响。帕琪决定去每家商店里买东西，然后和店主谈谈选举的话题。

"拉拢这些人很重要。"她说，"因为他们和每个来卖粮食的农民都很熟悉，而且他们的选票也很重要。"

"我去银行走走，"约翰说，"熟悉一下情况。"

于是他让帕琪独自去完成任务，他则把马拴在一个木桩上，步行到一栋小型砖砌建筑前。那栋建筑的玻璃窗上写着金色的"银行"二字。

"沃伦先生在吗？"他问窗口的业务员。

沃伦先生是一位德高望重、才华横溢的银行家，他从私人办公室里走出来迎接客人。两年前约翰造访埃尔姆赫斯特之时，沃伦先生就结识了这位百万富翁，之后又听说了不少约翰的事迹，所以两人不需要自我介绍。沃伦先生很希望能和这位名人建立合作关系。

这家银行虽然很小，还只有一层，却是镇上最现代化、最气派的建筑。沃伦先生很富裕，给这里配备了各种现代化设备。他的私人办公室里有长途电话，能直接打到火车站的电报员那里；除此之外还有许多方便办公的设备。约翰记得这回事，他需要这些设备来实现计划。

两人进了私人办公室，约翰简短地说明了打算让肯尼斯·福布斯当选众议员的事。

老银行家听完立刻摇了摇头，认为肯尼斯会失败。那个小伙子是他最重要的客户，他很尊敬他。但肯尼斯反对广告，这让他失去了获胜的机会。

"眼下这个提议太前卫了，"他断言，"那些广告商不断侵占个人空间，未来也许大家都不喜欢，但现在让民众去清除广告为时尚早。"

"你说肯尼斯比霍普金斯适合当议员吗？"约翰问。

"这是肯定的，先生。要是霍普金斯没有抓住那件事大做文章的话，福布斯是可以当选的。但现在那个年轻人逃避不了轻率举动带来的后果。"

"他不想逃避，"约翰冷静地回答，"我们的立场不变，要么赢，要么输。"

"先生，恐怕你们没有胜算。"

"可以请你帮忙吗？"

"情愿效劳。"

"谢谢你，沃伦先生。我打算花一大笔钱。先把这张5万美元的汇票转进我的账户里。这只是开始。"

"啊，我懂了，但是……"

"你完全不懂。我能借用你的长途电话吗？"

"当然可以，先生。"

约翰从沃森先生那里了解了不少信息，所以他的策略更加宽泛了。当地的广告基本属于两大广告商行，他们直接和想打广告的客户取得联系，依靠精明的中介和农民们约好打广告的地方，然后把广告画上去。广告合同一签就是一整年，企业为了确保广告续存，合同里往往会有保护条款，规定广告需要被移除的情况。在这种情况下客户会拿到一定的回扣。为了防止火灾、建筑物的改造与拆除、篱笆和告示牌被农民拆卸,这些保护条款都是有必要的。约翰就打算利用这些条款。在整个流程里,画广告的人几乎不赚钱。

不到半个小时,约翰就找到了克利夫兰广告商行领导人的联系方式,打通了对方的电话,他和对方详谈之后动用了金钱的力量。约翰放下听筒时面带微笑。然后他又打给芝加哥广告商行。第二家谈得并不顺利,沃伦先生不得不接过电话,说约翰·梅里克先生已经在他的银行建了定期账户还存了钱,保证能付出约定好的数目。约翰这才能和对方说明自己的计划。尽管被坑了一大笔钱,但芝加哥广告商行的合作是不可或缺的。

打完电话,沃伦先生带着约翰穿过马路去了报社,然后把他介绍给编辑查理·布雷格斯。

布雷格斯是个独眼男人,他面色蜡黄,一头黄褐色的头发又尖又硬。他到处取材,然后自己写稿自己编辑。他穿着一件脏兮兮的围裙,袖子捋起来露出两只胳膊,手上沾满了油墨。

"梅里克先生来找你谈生意,查理。"银行家说,"不管他许给你什么,我的银行都会全额担保。"

这位编辑立刻竖起耳朵,用围裙擦干净一把椅子给客人坐下。在埃尔姆伍德跑新闻赚不了钱,眼前的金主他绝对不肯放过。

约翰等沃伦先生离开,只剩他和编辑时才开口。

"我听说你的报纸是民主党派的,布雷格斯先生。"

"不是这样的,先生。"编辑推脱道,"先驱报是独立的,但有政治活动时我们就支持值得支持的一方。"

"你正在支持霍普金斯。"

"只是委婉地支持,委婉地支持,先生。"

"他给了你多少钱?"

"这个嘛,我们还没商量好。这次活动我本该得到一百美元,但伊拉斯塔斯特觉得五十美元就够了。你看,他无论如何都要靠我支持,却不肯多付一分钱。"

"你为什么要支持他?"

"因为只有他肯花钱,梅里克先生。伊拉斯塔斯是个普通人,所以我更愿意支持他,而不是埃尔姆赫斯特那个呆子。那位大老爷既不需要议员的位置,也不在意能不能胜出。"

"当真是因为这个吗?"

"一部分是。还有别的原因,福布斯家的小伙子反对广告,而报纸全靠广告生存。所以今年选区里没有一家报纸支持福布斯。"

"你理解错了,布雷格斯先生。"约翰说,"福布斯先生支持报纸广告,也想保护报纸广告。他反对的是画在外面的大广告。你难道没有意识到,那些画在外面的广告让你的报纸少赚了多少广告费?"

"哦,您说的有道理,梅里克先生。我从没这么想过。"

"听我说,布雷格斯先生,我有个提议,如果你支持福布斯先生,我就给你两百五十美元。如果他胜出,我会再给你五百美元。"

"此话当真吗。先生?"编辑简直不敢相信自己的耳朵。

"当真。起草一份合同吧,我会签字的。已经给你准备好了两百五十美元的支票。"

编辑拿起笔来写合同,中途手一直在抖。

"从现在起,"约翰说,"努力为肯尼斯·福布斯奔走吧。"

"当然了,先生。"布雷格斯格外兴奋地说,"我还要赢得那五百美元!"

第七章　帕琪成果丰硕

与此同时帕琪正紧张得不得了。她在和一个彻头彻尾的民主党人对话。当她问这位药剂师对福布斯参选有什么看法时，他鄙夷地开口了：

"他根本不是个政治家，只是个图新鲜的贵族。"莱瑟姆说，他的头发整齐地梳到耳边，留了漂亮的八字胡，"他的观点也很愚蠢。如果他禁止打广告，那我的止痛药和猪肝片销量要少一大半。"

"他是我的表兄。"帕琪撒谎。尽管他们称呼彼此是表兄妹，但帕琪的姨妈实际上只是和肯尼斯的舅舅订婚而已。

"我很抱歉，小姐。"药剂师说，"他肯定会输得很惨。"

"这种香料来两盎司。它们很好闻。你很有品位，有些药剂师根本不会配香料。"

"是的，小姐。我对自己的香料很有信心。"莱瑟姆和善地答道，"这有一包香粉，可以凝气定神。"

"既然你推荐了，那就来几包吧。"

莱瑟姆开始打包。店里只有他们两人。

"小姐，我个人其实并不反对福布斯先生，我只是反对他的观点。而且他是个共和党人。"

"你以前为共和党人投过票吗？"帕琪问，"在这种情况下，你不觉得投票给好人比投票给好党派更重要吗？"

"或许如此，福布斯先生是个怎样的好人？"

"他为人坦诚，也不会利用职位赚钱。如果能制定造福本地的法律，他反而愿意为此花费巨款。"

"霍普金斯呢？"

"你不了解霍普金斯先生吗？"帕琪刻意反问。

"我了解他，小姐。"莱瑟姆的眉头微微皱起来。

"至于广告的事，"帕琪继续说，"我看过这些商品，就知道先生你品位出众。你的谈吐非常得体，你的店铺整洁又讨喜。反对活动不是针对那些广告，而是反对将它们画在篱笆和粮仓上。因为那样会在美丽和谐的景色中格外刺眼。像你这样优雅又有品位的绅士应该有过同样的想法吧。"

"呃……咳咳！是的，当然了，小姐。我同意，那些广告有时很扎眼，而且……而且很不协调。"

"是啊。所以你得支持福布斯先生啊。"

"这么说来的确是这样，当然了。"莱瑟姆突然转变了态度，他自己也对此很迷惑。

"霍普金斯先生从镇上捞走了许多钱，"帕琪在若无其事地查看一种新的刷牙粉，"但是从来不见他还钱。"

"是的。他是个铁公鸡，雪茄都从杂货店的汤普森那里买。镇上最好的雪茄其实都在我这里。"

"哦，我想起来了！"帕琪惊呼，"福布斯先生想让我从你店里买一盒最好的雪茄，然后请你代为转交给客人，并转达福布斯先生的敬意。他觉得必须热情招待那些支持他的人。他还说你知道该送给哪些人。"

这可是笔大买卖。莱瑟姆倒吸一口气，不过还是装出凝重的表情。

"小姐，我认识来镇上的所有人。"他说。

"我要最好的雪茄，莱瑟姆先生。"帕琪说，"要多少钱？"

"哦，最好的是进口的中型雪茄，一盒50支6美元。如果是为了选举的话，选便宜一点的……"

"不，最好的也配不上福布斯先生的朋友。50支——50支都不够发，我要买100只，莱瑟姆先生。你要将它们送到合适的人手里。"

"当然了，当然了，小姐。谢谢您的惠顾。福布斯先生很受爱戴，是个好心人。就算他和霍普金斯旗鼓相当，我也不会惊讶的。"

"我要告诉你一个秘密。"帕琪甜美地笑了，"福布斯先生一定会当选。因为一切都事先安排好了，莱瑟姆先生。像你这样的精英人士都会支持他。对了，请你一定要告诉大家广告的事。他不是针对广告，而是想保持美丽的风景。"

"哦，我会解除大家的误会。小姐您怎么称呼？"

"我姓道尔，是福布斯先生的表妹。"

"大家会理解的，道尔小姐。请交给我吧。"

"如果那些烟送完了，请继续开新盒子。我会时不时过来付账的。"

笔者还以为这位淑女会为此感到羞耻，但是她并没有。当药剂师躬身送她出门时，她依旧笑得很甜美。从此莱瑟姆先生开始寻找福布斯先生的朋友，然后送出雪茄。以前不是朋友的，他就说服对方。他为人诚恳，做事也会把握分寸。

帕琪就这样走过一家又一家商店，看到什么买什么，伺机劝说立场不坚定的人。爱尔兰人天生狡猾，所以她能很快抓住对方的人性弱点。

快到中午时约翰来找她。埃尔姆伍德是个小地方，要找到她并不难。两人一起去镇上的饭馆吃饭。午饭不算太好，但帕琪依旧夸奖侍候在餐桌旁的老板娘，说饭做得很好吃。吃完饭，约翰从老板手中接过一支雪茄，两人聊政治聊得热火朝天。

然后帕琪去了杂货店，在那里她第一次碰壁了。杂货店店主汤普森脾气很坏，又高又瘦，一看就是消化不良。他上次作为共和党候选人败在霍普金斯手里，所以不希望福布斯超越他。而且出于某些原因，他必须支持霍普金斯。

所以等帕琪买了一些缎带，跟他谈起政治时，他态度生硬，一直在反驳。他直截了当地说她的表哥毫无胜算，而且他喜欢幸灾乐祸。

"那个傻小子不该去玩政治，"他还说，"应该教训他一下，好让他再也不敢动别人的馅饼。"

"那馅饼不是霍普金斯先生的。"帕琪坚决地说，"它属于当选的人。"

"那还是霍普金斯的。他懂政治，福布斯不懂。"

"他也可以学习啊。"帕琪反驳道。

"不可能。他是个白痴。从小他就是个孤僻的怪胚子，长大了更没出息。我太了解福布斯了。所以我不会和他扯上关系。"

再这样争论下去也没用，帕琪叹了口气，拿起买到的东西，走进了五金店。

一进店门她就振作起来了。店主认识肯尼斯，信任他，要为他投票。帕琪和店主愉快地聊了起来，店主提供了很多有用的信息，比如隔壁的人举足轻重，如果能获得他的支持，肯定如虎添翼。帕琪听他说起汤普森，忍不住说：

"我和他谈过了，我怎么说他都不听。"

"汤普森是个优秀的共和党人。"店主安德鲁斯先生说,"但是他被霍普金斯握住了把柄,不敢反抗。"

"他不是喜欢霍普金斯先生吗?"帕琪惊讶地问。

"不,他对他恨之入骨。要知道,汤普森的生意做得不顺利,有时需要借钱,就从霍普金斯那借了高利贷。现在利滚利,金额数目已经相当可观了,而且霍普金斯手里还有抵押单据。一旦他取消抵押品的赎回权,汤普森就彻底完了。所以不管他是否爱戴霍普金斯,他都得支持自己的债主。"

"现在我能理解他了。"帕琪微笑,"可是他也不用那么讨人厌吧。"

"他一直都那样。"安德鲁斯先生答道。

"他的政治影响大吗?"帕琪问。

"是的,相当大,不然他假装对抗霍普金斯的时候就不会被提名为候选人了。他是一位有名的共和党人,如果他支持霍普金斯的话,肯定会有一些共和党人会跟着他倒戈。"

安德鲁斯先生还提到了其他几位重要人士,给帕琪列了个名单。他很喜欢这位干劲十足的姑娘。

"我觉得我们没有胜算,"帕琪临走时他说,"但我们一定要让你表哥好好表现一番,我会尽全力帮助你们的。"

下午她和约翰一起坐车回家了。经过一天的奔波劳累,帕琪总结了今天的成果,然后满意地宣布有进展了。她还把汤普森抵债给霍普金斯的事告诉了约翰,约翰就记下了这件事。约翰也很满意今天的成果,同意明天和侄女一起驾车去费尔维尤——选区里最大的村庄。

与此同时,露易丝和沃森先生正沿着马尔维尔路一路拜访农夫的妻子。老律师在这住了一辈子,这里的人基本都认识。但他让露易丝去交涉,然后欣赏着她的表现。露易丝在面对形形色色的乡邻时表现得圆滑又得体,她的表达简单易懂,所以事半功倍。现在她正坐在西蒙斯太太的厨房里看她熨衣服。

露易丝说:"我是福布斯先生的表妹,来自埃尔姆赫斯特。他想担任一个官职,来为本地谋福利。希望你能投票给他。"

"是政治吗,孩子!"西蒙斯太太嚷道,"我对政治一窍不通。"

"是的,但是你可以劝说西蒙斯先生,所以我们需要你的帮助。是这样的,福布斯先生认为西蒙斯先生是本地的重要人士之一,他非常想获得西蒙斯先生的支持。"

"你可以直接跟丹谈吧?他就在地里。"西蒙斯太太说。

"但我是个小姑娘,他不会听我的。"露易丝甜甜地答道,"但我听说他什么都听你的……"

"丹总是把我的话当耳旁风。"西蒙斯太太反驳说,她停下来看看熨斗热好了没有。

"或许平时是这样,"露易丝说,"但重要的事他肯定得听你的。要想胜利,我们女性就要团结一心。"

"但是我什么都不懂,"西蒙斯太太继续反驳,"而且丹也不懂。"

"你不需要知道太多东西,西蒙斯太太,"露易丝答道,"哦!你家孩子真可爱!你只需要让丹去选福布斯先生就可以了。"

"为什么要选他?"最关键的问题来了。

"原因很多。其中之一在于另一个候选人是霍普金斯先生——伊拉斯塔斯·霍普金斯先生。投票只能二选一。"

"伊拉斯塔斯是丹的朋友，"西蒙斯太太在思考，"以前我见过他们谈话。"

"但选举不是私事，是公事。福布斯先生非常希望你丈夫能支持他。如果福布斯先生当选了，他会减轻赋税、修整道路、增设学校。如果霍普金斯先生当选，他只会给自己捞好处。"

"这点你说对了，"西蒙斯太太笑了，"伊拉斯塔斯不会放过赚钱的机会。"

"你很聪明，西蒙斯太太。不用说你就能明白。"

"嗯，我很了解伊拉斯塔斯·霍普金斯，丹也很了解。"

"所以能请你帮助我们吗？"露易丝问。一个小女孩过来观察这位漂亮的淑女，露易丝正在轻抚小女孩的头发。

"我会跟他讲的，但不知道效果怎么样。"西蒙斯太太歪着头考虑。

"我明白。他不会拒绝的。只要妻子是对的，男人就一定会听妻子的。你肯定能做到，西蒙斯太太。我要谢谢你。如果西蒙斯先生愿意支持我们，我们肯定能胜过霍普金斯。"

"我会尽力的。"得到了想要的承诺，露易丝又夸了夸孩子们，还称赞西蒙斯太太把家里收拾得干净利落，然后就离开了。

"那位太太能说服她丈夫吗？"露易丝和沃森先生走向下一家农场时，她问道。

"说不好，孩子。"老律师想了想，"但她肯定会努力争取，要是她丈夫不听，那他之后几天肯定不会过得舒坦。你把夫妻两个都捧得很高,不过这不碍事。"

两人就这样忙活了一整天。有时农夫就在家里,几人就会开始讨论。露易丝会向他们咨询如何才能顺利地争取选票,还说她信赖他们的意见。她从来不问对方更喜欢谁,而是默认所有人都迫切地想支持福布斯先生。这种微妙的安抚非常有效,不管他们的真实想法是什么,没人坦言要选霍普金斯。

傍晚时分,两人回到了埃尔姆赫斯特。露易丝今天忙得热火朝天,她有好多趣事要讲给大家听。

"你争取了多少选票?"约翰笑着问她。

"不好说,"她答道,"但我一个都没放过。播下大量的种子,肯定会有一部分发芽的。"

"选举过了我们可以好好聊一下,"沃森先生说,"这种方式很正确,我很满意,梅里克先生。"

"我也是,"约翰坚定地说,"你还要继续吗,露易丝?"

"当然了!"她说,"我们明天一大早就要出发。"

第八章　霍普金斯出师不利

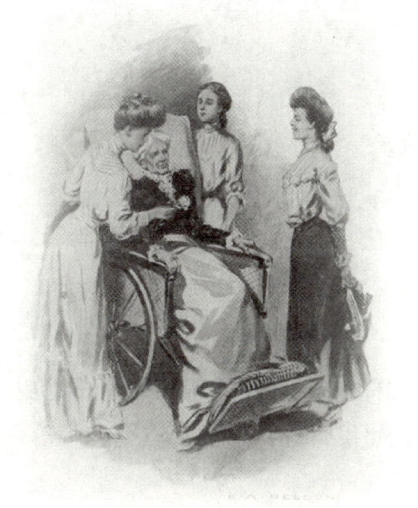

伊拉斯塔斯·霍普金斯到州政府处理各种事务，出门已经有些日子了。他为人节俭，所以在管理资产方面格外用心。

每当他的朋友问起他能不能续任，他总是眨眨小眼睛，笑着宣布"选举只是走走流程"。

"你的对手是谁？"某天的午餐时间，一位头发花白、政治经验老道的参议员问他。

"一个叫福布斯的年轻人——其实就是个孩子。他一点也不懂政治，提的观点都没人接受，所以我很高兴对手是他。"

"他提出了什么观点？"参议员问。

"哦，他反对往篱笆和粮仓上画广告，想清除掉那些广告，简直愚不可及。"

"他的思想还挺前卫。你说他的观点没人接受？"

"正是如此。这件事让他没机会获胜了——虽然他本来就没胜算。"

"那就怪了，"参议员陷入了沉思，"一般来说这个观点都会带来胜算。"

"此话怎讲？"霍普金斯很诧异。

"是这样，国内的反广告运动已经在一些地区有了成效，还通过了地区法禁止乱打广告。你不知道吗？"

"不知道！"霍普金斯说。

"但事实如此。我不太了解年轻人的想法，但你的选区是乡村地区，如果对方持这种观点，我觉得你得苦战一番了。"

"胡说！"伊拉斯塔斯嚷道，"所有人都反对那愚蠢的主意。"

"那或许是因为人们不了解。"

"福布斯已经放弃了，"霍普金斯想起来就想笑，"他是个缩头乌龟，躲在家里不出来。参议员，他可是有史以来最不值一提的候选人。"

话虽如此，外地反广告活动的成功让霍普金斯先生有些不安，于是决定不管福布斯是否来迎战，他都要回家一直奋斗到选举结束。

他坐早班车回到希尔代尔，打算回家吃早餐。他看到村马路上拉了两条大大的横幅，上面写着："投票给选民的英雄福布斯！"他不禁目瞪口呆。

"这究竟是谁做的？"霍普金斯先生盯着横幅犯嘀咕。他疑惑地挠了挠头，回家去了。

霍普金斯太太穿了一件皱巴巴的连衣裙，正在吃早餐。她总是一脸疲惫，尽管她不怎么参与丈夫的工作，家里也没有孩子需要她照顾，但她老是说自己"快累死了"。

"福布斯的横幅什么时候挂上去的？"霍普金斯先生愤怒地问。

"我不知道，伊拉斯塔斯，我从不关心这些事。不过昨晚全镇的人都去参加姑娘们的演讲会了。我也去看热闹了。"

"什么姑娘的演讲会？"

"那些姑娘劝说别人投票给福布斯先生。演讲会是在镇政厅举办的，三个姑娘都做了演讲。"

"她们说了什么？"

"介绍了福布斯先生的为人,说他值得当选。他要清除广告,保持农场的整洁,还要修建更好的马路和三座新学校。我们现在只有一座学校,而且太小了。还有……"

"你这个蠢货!你知道自己在说什么吗?"霍普金斯火冒三丈,冲着妻子大吼。

"不要因为你失败了就冲我发脾气,伊拉斯塔斯。那几个姑娘一开始活动,我就觉得你没希望了。"

霍普金斯先生惶恐地盯着她。

"玛丽,你冷静点。跟我说说那些姑娘都是谁,我都没听说过。"

"哦,她们好像是肯尼斯·福布斯的表妹,从纽约过来帮他拉票的。"

"她们人怎么样?"

"那几个姑娘都很漂亮,伊拉斯塔斯,而且很招人喜欢,个个能说会道。她们在昨晚那场演讲会上表现得很出色,而且下周还会在镇政厅举办一次。"

"哼!几个姑娘!福布斯真该为自己感到羞耻,竟然让几个小丫头来搅和选举活动,我从没听说过这么荒唐的事。别的男人都是什么看法?"

"男人们没跟我说几句话,伊拉斯塔斯。你也知道他们不会跟我说话。但是我想你已经输了。"

他没有回答。这个消息太出人意料了,宛如晴天霹雳。不过他安慰自己,情况可能没有玛丽想象得那么糟。

他心事重重,打开报纸想换换心情,但下一秒又暴跳如雷。布雷格斯原来是他的支持者之一,其主编的先驱报一直都为他宣传。但现在先驱报的首页上正用大个加粗字体写着:

"投给福布斯！"下面的专栏都在大段大段地赞美福布斯，还说福布斯比霍普金斯更能造福本地。

"我必须见见布雷格斯，"伊拉斯塔斯抱怨说，"他是想让我加价到100美金——我必须给他这个价了。"

他把起居室桌子上堆满的报纸翻了个遍，发现本地七家报纸里有六家都在支持福布斯。他才离开一个星期，情况就变得这么严峻！

霍普金斯太太把早餐摆在他面前，他却没什么胃口。然而伊拉斯塔斯是天生的斗士，他只消沉了一会儿，就开始分析敌人的新策略。然后他决定得立刻找男人们谈一谈。

他匆忙地离开了餐桌去了镇上。莱瑟姆的药店离得最近，他就先进去了。

"你好，吉姆。"

"早上好，霍普金斯先生。需要效劳吗？"药剂师礼貌地问。

"当然了。告诉我那些蠢丫头做了什么，怎么给福布斯带来这么大的转机。要知道，我有一周没在。"

"霍普金斯先生，这可不好说。最近几天生意火爆，我一直在忙着做买卖，没时间去注意政事。"

"但是我们这些民主党人得打起精神来了，吉姆，不然他们会让我们陷入苦战。"

"先生，选区里大多是共和党人，我们不可能一直赢下去，现在尤其如此。"

"怎么赢不了？"

"霍普金斯，在我看来你不算称职。不过我对选举活动没兴趣。如果你没别的事，那我还要给别人开药方，抱歉。"

霍普金斯闷闷不乐地走了出去。莱瑟姆显然不再支持他了。两人并不是很好的朋友，他之后也能想办法对付药剂师。

霍普金斯走进杂货店的时候汤普森正坐在柜台后面。

"喂，"众议员愤怒地说，"埃尔姆伍德究竟发生了什么？为什么大家都支持福布斯？"

汤普森隔着柜台狠狠地瞪了他一眼。

"然后就来拿我出气吗，伊拉斯塔斯？"

"没错，就是你！你这糟老头子不好好干活，没有成果———点成果都没有。你应该阻止他们。那些臭丫头凭什么参加政治活动？"

"闭嘴吧，伊拉斯塔斯。"

"汤普森！你要背叛我？哼，我会跟你算总账的。"

"我本来就是共和党人，伊拉斯塔斯。"

"没错，"霍普金斯先生气急败坏，一字一顿地说，"不过你的抵押单已经过期两个月了。"

"那你就去银行从我账户上拿钱吧。钱都给你备好了，霍普金斯，连本带利一分不少。去拿钱吧，别来烦我，我忙着呢。"

霍普金斯活到现在从没像今天这样震惊。他的怒火一下变成了恐惧，他仔细端详与之前判若两人的汤普森。

"你哪来的钱，汤普森？"

"不关你事。我自己凑的。"

"是福布斯吗？我懂了，福布斯收买了你。你这个忘恩负义的混蛋，破产时我借钱给你的恩情你都忘了吗！"

"你是借给我钱了,霍普金斯。就因为这个,你把我当奴隶使唤,如果我不帮你干那些肮脏下流的勾当,你就不停地威胁我。恩情?你让我过得还不如一条狗。从现在起,我跟你两清了——再无瓜葛。"

霍普金斯一言不发,转身走了出去。他去了牙医店,斯夸尔斯医生正在打磨他的医疗用具。

"你好,阿尔奇。"

"你好,伊拉斯塔斯。你可算回来了。我们陷入苦战了。"

"说说详情。"终于找到一位战友,霍普金斯先生舒了口气,拉过一把椅子坐下,"这里究竟发生了什么,阿尔奇?"

"几个姑娘大举入侵了。几天前她们突然出现,手段非常高明,打得我们措手不及。我知道,她们背后一定有精明的政治家指点,不然我们也不会是这副惨状了。"

"别胡说八道了,阿尔奇。几个丫头片子能干什么?"

"伊拉斯塔斯,你不能轻敌。之前我和你一样,我听说三个姑娘在为福布斯争取选票,就权当是笑话。后来我发现她们都是年轻的淑女,有钱又漂亮,男人们立刻败下阵来。她们很聪明,从来不去贬低你。她们只是说福布斯会如何用自己的钱造福大众,而且发誓他当选之后一定会兑现诺言。"

"不用担心,"霍普金斯轻松地说,"我们能把男人们争取回来。"

"没有那么容易。那三个姑娘跑遍了选区找农夫的妻子谈话,还组建了一个女性政治俱乐部。俱乐部会在埃尔姆赫斯特集会,到时候会摆出最奢华的宴席,所以女人都想加入。她们从城里买了两辆昂贵的汽车，还配了司机。她们花起钱来毫不吝惜。"

"这下糟糕了，"霍普金斯现在不轻松了，"我的钱不多。不过我敢说她们花钱是浪费，而我的钱每一分都有用。"

"你是得花钱维护自己了，伊拉斯塔斯。很高兴你能回来，我们民主党派已经没了斗志，有几个已经去支持福布斯了。"

霍普金斯点点头，陷入了沉思。

"我和莱瑟姆谈过，他已经放弃了我。她们还收买了汤普森。别的我还不知道，但有一件事是肯定的：我们可以轻松获胜。我在政坛混得久了，不会栽在她们手里。我远比她们想象的机智。"

"我相信你，伊拉斯塔斯。她们知道怎么光明正大地拉票，却不了解幕后的交易。"

"你说得对。我必须想办法让她们停止白天的活动，省得农夫去支持她们。选举里重要的是农夫，而不是镇上的人。听我说，医生，我有一个计划，就是安排我的早餐食品公司在这里打一百个广告。整整一百个！这是对福布斯最大的嘲笑，农夫们都愿意赚钱，我也不用掏一个子。这个方法厉害吧！"

"很好。"斯夸尔斯医生答道，"广告的事他们提过很多次，我听说昨晚一个姑娘做了相关的演讲，声称农夫们都改变了观念，希望他们的农场干干净净。"

"谎话连篇！"

"我也这样想。公众就像一群羊，带他们走上一个方向,他们就认准了,谁也没法让他们停下来。"牙医说。

"那我们必须把他们带上我们的方向。"霍普金斯说,"广告的订单就在我口袋里,我下个星期就在整个选区里画上广告。医生,你要盯住他们,如果我们要战斗,就不能退缩,但我不想跟一群小丫头惹麻烦。"

霍普金斯先生这下高兴多了,因为他已经想好对策,声称自己"热血沸腾"。

他边走边吹口哨,打算去马舍租一辆轻便马车,去村里和农夫们谈一谈。

当他拐进马舍所在的小巷时,他被眼前的景象惊呆了。路两旁各停了一长排四轮马车,每辆车上都有两个穿白色工作装的人。他们带了好几大罐颜料、各种各样的刷子,还有梯子、脚手架和其他设备。

这些车差不多有二十辆,而且有几辆已经朝着四面八方驶去。

霍普金斯先生糊涂了。他走近一个穿白工作装的男人,那人正在把颜料罐装上车。他问:

"你们是什么人?"

"画广告的。"那人笑眯眯地答道。

"你们的雇主是谁?"

"克利夫兰的卡森广告公司。"

"哦,我知道了。"霍普金斯说,"看来是笔大生意?"

"非常大,先生。"

"你们的领班是谁?"

"史密斯。他在马舍里。"

然后那人爬进马车里驾车走了。霍普金斯走进马舍，看到一个脸庞瘦削眼神锐利的人在和马舍主人谈话。

"你是史密斯先生吗？"霍普金斯问。

"是的。"

"是卡森广告公司的？"

"没错。"

"我这里有笔大单子。我叫霍普金斯，希望你们能尽快画一百个广告出来。"

"抱歉，先生，我们最近两三个星期都没空。"

"我要求你们尽快画好，你能多派些人手来吗？"

"我们三十八个人全出动了，实在接不了别的活。我们还忙不过来，只能分给芝加哥一些。"

"是急活？"

"是的，先生，非常抱歉，我得去干活了。这才是第二天，我们忙得很。"

"等一下，"霍普金斯为难地跟着史密斯到马车边上，问了一句，"你们为谁工作？"

"一个叫梅里克的人。"

然后领班史密斯也驾车离开了，把困惑的霍普金斯先生留在原地。

"梅里克，梅里克！"他重复着这个名字，"我不记得哪个常打广告的人叫这个名字，肯定是家新兴企业。不管怎样，他都在帮我对付福布斯。"

他又进了马舍想租马车。

"霍普金斯先生，我的马车全租给那帮画广告的人了。"

但霍普金斯先生不肯轻易屈服。既然那些人替他去画广告做宣传了，他就打算去最大的村庄费尔维尤，去那里见见党派的领导人。于是他回到斯夸尔斯医生的店里，借了辆马车出发了。

他驾车走在公路上，过了一会儿，他突然觉得周围异常整洁。那些粮仓和篱笆看起来像刚刚漆过。然后他突然想起离开镇子后就没看到过广告。

他又走了一英里，遇上几个画广告的。他们正用大刷子把一排被风雨侵蚀的篱笆快速地刷成白色。

霍普金斯先生勒住马，在旁边观察了一会儿。

"怎么不见你们画广告啊？"他问。

"我们不画广告。"有人答道，"这个工作很奇怪。合同要求我们涂掉本地所有广告。"

"涂掉！"

"是的，用新涂料把它们盖得严严实实。"

"那些打广告的人呢？他们不是买下了这里吗？"

"没错，但是他们都卖出了。约翰·梅里克现在是新广告主了，我们都为他工作。"

"他是什么人？"

"他是埃尔姆赫斯特的主人福布斯先生的朋友。"

霍普金斯先生不说脏话，不过现在他咬牙切齿地丢出一句最难听的话，然后挥鞭猛抽自己的马。那可怜的畜生吓了一跳，在路上狂奔而去。

第九章 老威尔·罗杰斯

第九章 老威尔·罗杰斯

贝丝在玫瑰园里放好折叠桌，开始为选举活动写信。肯尼斯在一旁忙着画画。

一开始肯不想让三个姑娘代他去进行活动，不过很快就改变了态度，现在他很感激她们的帮助，还为她们的才能感到骄傲。几个姑娘叫他尽量不要亲自参与活动，只是在集会上露面，对大家做演讲，用热情来打动选民们。他居然真的很有演说天分，他的朝气和热情为他赢得许多好感。

当露易丝邀请女性政治俱乐部的成员周四下午来埃尔姆赫斯特聚会时，肯尼斯委婉地表示反对。但沃森先生告诉他这是拉拢人心的重要手段，他就同意了接待她们。十月末的天气依旧和煦爽朗，可以直接把桌子摆到草坪上。露易丝打算用丰盛的餐点招待她们，好给她们留下深刻的印象。

帕琪控制住了城镇，而露易丝负责乡村地区，贝丝就去协助露易丝，因为乡村地区太广阔了。

约翰买来的汽车帮了姑娘们很多忙，她们现在的工作范围比以前坐马车扩大了一倍。

三个姑娘都在全心全意地工作着，但并不是一帆风顺。有许多人直截了当地拒绝了她们，还有少数人对她们粗鲁无礼。露易丝劝说民主党派时两次被赶出了房门；一个农夫还放狗去咬贝丝，因为他既讨厌汽车又讨厌劝诱。帕琪在城镇里经常被人说"姑娘家少来掺和政事，找点正经事做"。有一两次她实在承受不住，在自己房间里偷偷地哭了。但她依旧很积极，实际上三个姑娘都很喜欢这项工作。

这天午后，贝丝和肯尼斯在花园里沐浴着阳光。詹姆斯过来报告，说有个人想拜见"参政的淑女"。

"要不要赶走他，贝丝？"肯尼斯问。

"不要，我们一票都不能放弃。詹姆斯，请带他过来。"贝丝说。

来者是个瘦小的老人，身上的衣服都很破旧。他把帽子脱了拿在手里，缓缓地走进花园。这位老人脸颊瘦削，长着粗短的灰络腮胡，驼背和手上的老茧说明他一直在做苦工。他看到贝丝时眼中闪出了恳求的神色，这让贝丝大为触动。

"下午好，小姐。"他有点踌躇，"我——我叫罗杰斯，小姐，老威尔·罗杰斯。你以前应该没听说过我。"

"很高兴见到你，罗杰斯先生。"贝丝高兴地说，"你是来找我谈选举的事吗？"

"哦哦，跟选举有点关系，又没有关系。我们陷入了绝望的深渊，只能过来见见你。尼尔让我来和你谈一谈。尼尔让我别兜圈子，直接把话挑明，她说你一定会立刻给出答案的。"

贝丝笑了，肯尼斯在一旁轻轻挥动画笔，也跟着笑了。

"请原谅我，小姐。"威尔·罗杰斯沮丧地说，"我——我有点失魂落魄，以前可不是这样的。尼尔明白我，本来该她来的，但她一想到那件事就伤心得直哭。所以我来努力说明。"

贝丝对接下来的话题很感兴趣。

"来坐下吧，罗杰斯先生。"她说，"我愿意听。"

老头高兴地坐下来，身体向前佝偻，慢慢转动手里的帽子。

"这很难讲，小姐，我很难开口。"他说。

"不要紧的，你说吧。"贝丝鼓励道。因为这位老人突然住了嘴，似乎说不下去了。

"小姐，别人说你们在为选举大笔花钱，来拉选票。"他的声音很沧桑。

"政治活动花的钱不多。"贝丝说。

"别人说你们为了争取选票，花钱像流水一样。"他很顽固。

"你有什么问题吗，罗杰斯先生？"

"这就是我来见你的原因。我们太穷了，尼尔说那些花掉的钱应该分我们一点。"

贝丝被逗乐了。这么坦率的人非常少见。

"你要卖选票吗？"她问。

他没有立刻回答，只是慢慢地转着帽子。

"尼尔说你会问这个的。"最后他说，"她还说如果你问的话，我们的计划就进行不下去了。看来我得离开了，小姐。"

他缓缓地站起来，但是贝丝还不想让这位有趣又古怪的老人离开。

"请坐下，罗杰斯先生，"她说，"请告诉我为什么你不能回答我的问题？"

"看来我得全说出来了。"他的声音有些颤抖，"不过我觉得不到一分钟我就会被赶出去。我不能卖选票，小姐。因为我早就决定好投给福布斯先生了。我们想分一些浪费的钱，而且非常需要。"

"有什么原因吗？"

"这里是最难开口的地方，小姐，但我会告诉你。你听说过露西吗？"

"没有，罗杰斯先生。"

"露西是我们的女儿——我们唯一的女儿。露西非常漂亮，长得很像她母亲。原来她和我的尼尔一样活泼开朗。现在尼尔伤透了心，总是哭个不停。"

"请继续。"

"露西上过学，我们努力工作为她挣学费，因为我的地一点都不值钱。她长大之后成了费尔维尤数一数二的美人，许多男孩子来追求她。露西看上了其中一个，但她还没到结婚年龄。她还想赚钱，就去了埃尔姆伍德为斯夸尔斯医生工作。他是那的牙医，露西帮忙做内务，把诊所整理得干干净净，来换取应有的报酬。"

他停下来，茫然地环顾四周。

贝丝很想帮助他。

"然后呢？"她轻声问。

"然后麻烦来了，小姐。某天斯夸尔斯老太太，就是医生的母亲，她丢了一个钻石戒指。她把戒指放在壁炉台上，后来找不到了，就说是露西拿走了。露西没拿，但是他们硬说她是贼，给她三天时间，要么拿出戒指要么赔钱，不然他们就要拘留她，让她进监狱。露西根本没有拿，她绝不会那么做。"

"我明白。"贝丝同情地说。

"她伤心地回了家，告诉我们原委，但我们也没钱。他们要六十美元，不然就要戒指。但我们哪个都没有。"

"是啊。"

"汤姆听说露西回家了，当天晚上来看她……"

"汤姆是谁？"

"是汤姆·盖茨，他是……我正要说到他，小姐。汤姆很爱露西，想娶她为妻。但他家和我们一样穷，所以两个孩子都得赚钱。汤姆在费尔维尤的工厂工作——是一家锯木厂，整天隆隆作响。"

"我明白。"

"他是个会计。因为汤姆念过书，还跟老齐斯曼单独学过会计。所以他被工厂雇佣了，干得非常出色。汤姆听说露西遇到了麻烦，知道她还有两天就要坐牢，他就说：'我有钱，露西，你不用担心。'露西说：'汤姆，你手头上就有六十美元吗？'他说：'我有，露西。明天我就交给斯夸尔斯医生。你不用担心了，忘了这件事吧。'小姐，汤姆帮了我们大忙。尼尔和露西都觉得这事不光彩，但总好过坐牢。所以我们都很高兴汤姆有钱。"

"真幸运。"贝丝见老人停下来，就适时地插进一句。

"第二天汤姆就兑现了诺言。他赔偿了斯夸尔斯医生，拿到一张收据，把它交给了露西。我们都以为事情结束了，但这只是开始。星期一早上，汤姆被工厂拘留了，说他伪造了一张面额六十美元的支票。听到这个消息，露西难过极了。她一路走到费尔维尤，去监狱探望汤姆。他说他的确伪造了支票，不过是为了救露西，他是男的，他坐牢比露西坐牢要好得多。他还说他愿意这么做，也甘愿在监狱服刑。小姐，汤姆说一不二。露西从此崩溃了，又哭又叫。我和尼尔都没法帮她。她说她毁了汤姆一辈子，不想独活了。然后她就病倒了，我和尼尔尽力照顾她，但我们找不到她了。"

"她走丢了吗？"贝丝问。她看到老人的眼里充满泪水,他的嘴唇一直在颤抖。

"是的,小姐,已经十天没有她的消息了。我们甚至不知道该去哪找她。我们的孩子——可怜的露西。她的精神不太正常了,不然她绝不会就这样丢下我们。我们的露西原来不是这样的。"

肯尼斯转过身来专注地盯着老威尔·罗杰斯,似乎忘记了手上的画笔和色板。贝丝一直在流泪,老人的声音比他的话还要令人同情。

"十天了!"肯尼斯说,"还没有找到她吗?"

"我们到处都找遍了,最后尼尔累垮了,一直在哭。我很难受,先生,我没法看尼尔哭,她以前是那么开朗。"

"那个叫汤姆的男孩呢?"肯尼斯的声音有些嘶哑。

"他还在牢里等待审判。别人说下周才能开庭。"

"你住在哪,罗杰斯?"

"在往费尔维尤的路上,离这里五英里。不是个好地方——尼尔总是说我没出息,我认为她是对的。昨天你们雇的人把我家门前的篱笆都刷成了白色——不光有广告的地方刷了,整个篱笆也都刷了。我们没有要求,但是他们都刷上了。我看着他们刷,这时尼尔说如果我们有这个钱的话或许就能找到露西了。尼尔说:'真可耻。那些选举的钱明明可以帮助我们可怜的孩子,现在却白白浪费在涂篱笆上。'我希望你没做错,先生,但我和尼尔想法一样。所以我们商量了一下,今天让我过来了,就是能拿到一点钱也好。"

"你有马吗?"肯尼斯问。

"现在没了。去年有一匹,后来死了,我也买不起新的。"

"你是走过来的吗？"贝丝问。

"是的，小姐，当然是走来的。为了找露西我已经把附近走遍了。所以我不怕走路。"

老威尔·罗杰斯说到这又停下来，紧张地看着肯尼斯和贝丝。两人对视了一眼，然后贝丝拿出了钱包。

"我们要雇佣你帮我们进行选举。"她轻快地说，"我会给你准备一辆轻便马车，方便你外出找人谈话。你可以在工作的同时寻找露西。这20美元是给你路上的花销，你不需要省着用，只要尽量帮助我们就行了。"

老人直起身子，眼中充满了希望。

"尼尔说如果这是施舍，那我一分钱也不能要。"他低声说。

"这不是施舍，这是交易。我们知道了你的经历，想帮助你找女儿。大家都会这么做的。告诉我，露西长什么样子？"

"她和原来的尼尔一模一样。"

"但是我们没见过你的妻子。请尽量详细地描述一下，她长得高吗？"

"中等身高，小姐。"

"深色还是浅色？"

"什么？"

"她头发是深色还是浅色？"

"中等深色，小姐。"

"那她是胖是瘦？"

"她是中等身材，小姐。"

"露西多大了？"

"刚满十八岁,小姐。"

"别在意,贝丝。"肯尼斯插嘴进来,"从老威尔的描述里得不到什么有用的信息。我们明天看看能做什么。叫詹姆斯过来,用马车把他送回去,那辆马车就给他用了。看来你对我的财产用得比我还得心应手。"

"是的,肯,现在你无权过问你的财产。不过,要是你反对的话……"

"我不反对。一定得找到他女儿,而老威尔比任何人都有干劲,所以马车就该给他。"

就这样,威尔·罗杰斯驾着一辆带顶棚的轻便马车,兜里揣着20美元,满怀希望和感激,回家向伤心的妻子报喜。

第十章 伪造的支票

肯尼斯和贝丝没把老威尔·罗杰斯的事告诉别人，只是去书房找到沃森先生，详细询问伪造支票的刑罚。沃森先生告诉他们伪造支票是重罪，汤姆·盖茨会因自己的鲁莽服很久的刑。

"但那也是善举。"贝丝说。

"没用的。"老律师说，"他想救心爱的姑娘，在雇主看来他是蓄意盗窃。不过对那个女孩的指责是不公正的。斯夸尔斯一家自私又吝啬，他家老太太是个远近闻名的泼妇。如果露西是清白的，那他们就没有证据去起诉露西，那些威胁的话或许只是吓唬人。所以那个小伙子太蠢了，为了几句泼话把自己搭进去了。"

"他很善良，就是冒失了点。"贝丝说，"为了爱人，他顾不得权衡得失。"

"这不能当作借口，孩子。"沃森先生说，"犯罪也不能找借口。那个小伙子犯了罪，就必须接受惩罚。"

"没办法救他吗？"肯尼斯问。

"如果原告方肯撤诉，又能和被伪造支票的受害者达成协议的话，那个小伙子就能重获自由。但事已至此，我觉得不太可能了。"

"那我们也要试一试。"两人立刻回答。

第二天吃完早饭，贝丝和肯尼斯就乘上了一辆汽车。肯尼斯很不情愿地答应坐车去，因为这样能省很多时间。费尔维尤离这有十二英里，不过他们十点就到了村监狱。

他们被狱卒马卡姆接待到一间小办公室里。马卡姆长了一张招人喜爱的圆脸,但他的表情一看就知道他不爱社交。

"你们想见汤姆·盖茨?行啊!见他做什么?"他问。

"我们想和他谈谈。"肯尼斯答道。

"谈谈!对我有什么好处吗?你不是汤姆·盖茨的朋友,别为这点小事来烦我。"

"我是肯尼斯·福布斯,来自埃尔姆赫斯特。我在竞选众议员,是共和党的候选人。"肯尼斯平静地说。

"哦,是吗!那就不一样了。"马卡姆立刻转变了态度,"请原谅我的粗鲁无礼,福布斯先生。我几天前戒烟了,情绪不太好!"

"我们能直接见盖茨吗?"肯尼斯问。

"当然了!我会亲自带你们去见他。戒烟竟然让人火气这么大,真不敢相信。请跟我来。"

两人跟着狱卒穿过一条长长的走廊。

"我从小就开始吸烟,一直到上周,医生说我再不戒烟就要死了。"狱卒边说边带路,"有时候我想吸烟快想疯了,不知道憋死和吸烟死到底哪种死法更糟糕。这就是盖茨的牢房——是监狱里最好的。"

他打开牢门,大喊:"你有客人了,汤姆。"

"谢谢你,马卡姆先生。"回答他的是平静的声音。一个年轻人从牢房阴暗的角落里走了出来,"你今天感觉怎么样?"

"很糟糕,汤姆,前所未有地糟糕。"狱卒闷闷不乐地说。

"坚持住,别放弃。"

"我会坚持的,汤姆。吸烟无疑会要了我的命,但挣扎着戒烟还有一丝希望。这位是埃尔姆赫斯特的福布斯先生,这位淑女是……"

"德·格拉夫小姐。"肯尼斯看到汤姆走进有光的地方,发现他神情严肃,"马卡姆先生,能让我们单独谈谈吗?"

"当然了,福布斯先生。根据规定,你们有二十分钟的时间,时间到了我会来找你们。很抱歉监狱里没有会客室,所有会面都要在牢房里。"

然后他把肯尼斯、贝丝和汤姆锁进牢里,沿着走廊离开了。

"请坐,"盖茨的声音听起来很高兴,"这里有条长凳。"

"我们是来问你的案子的,盖茨。"肯尼斯说,"你似乎伪造了一张发票。"

"是的,先生。虽然别人叫我不要承认,但我认罪。我确实伪造了一张支票,还拿到了钱。我愿意承担后果。"

"你为什么要这么做?"贝丝问。

汤姆·盖茨沉默地扭过头。

他长得很精神,有一双沉着的灰眼睛,看起来很聪明,却沉默寡言。他体格健壮,身穿一套质地不好的西装,但是能看出来那套西装被精心保养过。

贝丝觉得他有男子气概,很讨人喜欢。肯尼斯认为他局促不安,正处于自我压抑之中。

"我们听说了你的经历,"肯尼斯说,"对此很感慨。不过你确实做了蠢事。"

"你认识露西吗,先生?"汤姆问。

"不认识。"

"露西自尊心很强，她宁死也不会去坐牢，我不能坐视不管。我一直在想自己是不是太蠢了。但我做了，而且很高兴这样做了。"

"但你让她更难过了。"贝丝温和地说。

"没错，我知道她很担心我。我这辈子都过不好了，但这样露西就不用受罪了。她还年轻，在我出狱之前她就会忘了我，然后……然后和别的年轻人在一起。"

"你希望这样吗？"

"不，完全不是。"他坦白说，"但这是最好的方法。我一定要帮露西——她是那么温柔善良，又是那么脆弱。我不觉得自己做得对，但让我重新选择的话，我还是会做。"

"露西的父母帮不了忙吗？"肯尼斯问。

"他们有心无力。老威尔是个好心人，但自从罗杰斯太太出了意外，他就又穷又无助了。"

"发生过事故吗？"贝丝问。

"是的，你不知道吗？她失明了。"

"她丈夫没提过。"贝丝说。

"之前老威尔很富有。因为罗杰斯太太聪明又有活力，一直督促老威尔努力干活。某天早上她拿着灯油去点火，不幸失明了。后来老威尔就丢下别的事，专门照顾妻子，所以他家的农场就渐渐荒废了。"

"我明白了。"贝丝说。

"露西原本可以照顾母亲，"汤姆说，"但老威尔很顽固，不让她插手。露西觉得自己得做些什么，就出去工作了。这就是麻烦的起因。"

他说得很简洁，但是一直在狭窄的牢房里踱来踱去。这说明他的情绪远没有他表现出的那么冷静。

"你在支票上签了谁的名字？"肯尼斯问。

"约翰·E·马歇尔，锯木厂的厂长。厂里每张支票都由他签字。锯木厂是股份制的，非常有钱。我是会计，所以很容易就搞到了一张支票，伪造了签名。至于私吞公司财产的事，其实之前我让他们避免了巨大的损失。我发现着火了，就赶紧扑灭。不然那场火能把木材全烧掉。但是马歇尔从来没感谢过我，他只是处罚了导致着火的那个人。"

"你被拘留多久了？"贝丝问。

"将近两星期了。不过他们说最近就要审判我。我的罪很重，审理时必须有巡回法官在场。"

"你知道露西在哪吗？"

"我想她应该在家。我被拘留之后她就来看我，之后我便再也没听过她的消息了。"

他们觉得还是先瞒着他，让他觉得露西无情也比告诉他真相好。

"我要去见见马歇尔先生，"肯尼斯说，"看看有没有我能帮忙的。"

"谢谢你，先生。见他可能没什么用，但我很高兴能结交新朋友。我有罪，一天到晚只能责怪自己。"

狱卒过来开门，把两人送到办公室。

"汤姆是个好小伙，"路上狱卒说，"他不是一般的罪犯。只不过是没抵住诱惑，又傻乎乎地被抓了。我见过不少这样的。你不吸烟吧，福布斯先生。"

"不吸，马卡姆先生。"

"那以后都别吸。如果你吸了，就别停下。戒烟真——

真难熬，能把人的性格都改变了。"

锯木厂在村子边上。那里非常繁忙，或许是第八选区里最繁忙的地方，厂里雇了很多人。厂长的办公室是栋小砖房，离主建筑厂房很远。厂房里都是锯木头的噪音，使劲喊才能听见。肯尼斯和贝丝得知厂长就在私人办公室，但厂长要先写完中午邮寄的信件才能见他们。

两人只能坐在长凳上，直到有人传唤他们去马歇尔先生的办公室。

这位马歇尔先生看起来很没礼貌，不过还是请两人坐下。

"埃尔姆赫斯特的福布斯先生吗？"他瞥了一眼之前肯尼斯递来的名片。

"是的，先生。"

"我已经被你的选举活动烦透了，"厂长开始不耐烦地整理手头的文件。"几个姑娘来过两次要和我的工人会谈，都被我拒绝了。你应该可以理解，先生，我支持民主党候选人，对你们没兴趣。"

"我对这个不感兴趣，先生。"肯尼斯笑着答道，"我不是以候选人的身份来找你的。我想和你谈谈汤姆·盖茨的事。"

"好吧，先生。他怎么了？"

"我对他很感兴趣，想让他免受牢狱之苦。"

"他伪造了支票，福布斯先生，他蓄意犯罪。"

"我承认。但他很年轻，也因为年轻才干了蠢事。"

"他偷了我的钱。"

"没错，马歇尔先生。"

"他就该去吃牢饭。"

"你说的都对。即便如此,我还是要救他。"肯尼斯说,"他还没有受审,与其浪费你宝贵的时间去出庭作证,不如我们当场解决了这件事。"

"怎么解决,福布斯先生?"

"我会赔偿你的损失。"

"我还要一倍的精神损失费。"

"可以理解,先生。那我就赔偿你120美元,你要把伪造的支票交给我,还要撤销诉讼。"

"诉讼费用?"

"我承担全额费用。"

"你太蠢了,为什么要这么做?"

"我有自己的原因,马歇尔先生。请从商业角度看待这件事。如果你把盖茨送进监狱,你仍然会有财产损失。如果和我达成协议,不仅弥补了损失,还能得到精神补偿。"

"没错。给我一张150美元的支票,我就把伪造的支票给你,也撤销诉讼。"

肯尼斯犹豫了片刻。他原本希望马歇尔先生是位有同情心的人,但这位厂长比冰山还冷酷,看到肯尼斯迫切想救助盖茨,就光想着怎么敲诈一笔。肯尼斯痛恨这种人。

贝丝见他沉默了,有些不安,就用肘推他。

"付钱吧,肯。"她小声说。

"很好,马歇尔先生,"肯尼斯说,"我接受。"

肯尼斯写完支票递给对方。马歇尔从保险箱里拿出伪造的支票和相关文件,交给了福布斯先生。他还给律师写了一封信,要律师撤回诉讼。

肯尼斯和贝丝为顺利解决这件事高兴不已。那位厂长站在窗边目送他们离去，脸上现出狡诈的笑容。

"我遇到过不少软骨头，"马歇尔先生低语，"这位叫福布斯的年轻人是最好搞定的。他就是个蠢货，一点都没错。如果他够聪明，本能直接拿到那张伪造的支票。这么蠢的人根本比不上伊拉斯塔斯·霍普金斯，再过一千年也比不上！"

与此同时，贝丝正坐在肯尼斯身边，拽着他的胳膊开心地说："我好高兴啊，肯——太高兴了！我们只花了150美元就阻止了那么多不幸和绝望！接下来我们必须找到露西。"

"没错，"肯尼斯开心地答道，"我们必须找到她。"

第十一章　离奇失踪

一位妇人坐在狭小的房间里做针线活。她的腿前面是壁炉，壁炉里小火正慢慢烧着。那位妇人穿了一件简朴的白色棉布袍，穿得整洁得体。她的脸虽然历经岁月蹉跎，却依旧能看出往昔的美貌。

她突然停下了手上的活，微微侧过头倾听。

"请进，先生。"她的声音柔和却清晰，"请进，小姐。"

肯尼斯和贝丝就从半开的门口走进屋内。

"你是罗杰斯太太吗？"贝丝问道，好奇地盯着这位妇人，想知道她是怎么判断出访客的性别的。妇人的眼睛没有睁开，长长的睫毛在脸颊上落下漂亮的弧型阴影。

"是的，我是罗杰斯太太。"柔和的声音里充满悲伤，"我猜你是埃尔姆赫斯特的三位淑女之一，或许就是威尔去见的那位。"

"没错，罗杰斯太太。我是伊丽莎白·德·格拉夫。"

"在你身边的是不是福布斯先生？"妇人问。

"是的，女士。"肯尼斯答道。他惊讶地发现说话磕磕巴巴的威尔竟有这样一位优雅亲切、能说会道的妻子。

"非常欢迎。请你们随意坐吧。如你们所见，我没办法招待你们。"

"不用介意，罗杰斯太太，我们很自在。"贝丝说，"我们过来是想问问，你有没有女儿的消息。"

"完全没有，德·格拉夫小姐。威尔驾着那辆马车拼命打听消息。但是露西出走这么久了，我觉得要找到她可能很困难，说不定那可怜的孩子已经……已经……"

她说不下去了。

"你不用担心的，罗杰斯太太。"贝丝立刻出言安慰。

"我当然担心——非常担心！"可怜的太太哭起来，泪水从她紧闭的眼睑中不断流下，"我的宝贝伤心得发疯了，她忍受不了那样的耻辱。威尔都告诉你们了吧？"

"是的，他都说了。但是事情不算太糟，罗杰斯太太，用不着绝望。"

"可怜的汤姆只是想救露西，就要在牢里关好几年……"

"听我说，汤姆已经不在监狱里了，"贝丝轻声说，"他已经得到释放了。"

"释放了！什么时候？"

"昨天晚上。他的错误得到了原谅，现在他自由了。"

罗杰斯太太沉默了一会，然后问道：

"是你做的吗，福布斯先生？"

"呃，德·格拉夫小姐和我只是帮了点忙。那个小伙子其实不坏，而且……"

"汤姆是个好孩子！"她大喊，"他安分又诚实。福布斯先生，这是真的！"

"我能看出来。"肯尼斯说。

"不然我家露西绝不会爱上他。汤姆本来前途光明，所以得知汤姆为了她毁了自己的将来后，露西发疯了。"

"你觉得她发疯了吗？"贝丝温和地问。

"肯定是的，"她悲伤地说，"露西聪明伶俐，在此之前她每天都很活泼开朗。但她也非常脆弱——我认为这是继承的我——汤姆的事让她心烦意乱,她开始胡言乱语,到处乱走。我和威尔都怕她精神出了问题。后来某天晚上她就不见了,都没告诉我们一声,也没留下字条。以前她不会这么做的——从那以后我们就再没有她的消息了。在那种……那种状态下,人们都会莫名地想投河。以前我几次差点被吸引到水里。但是我没疯,从来没疯过。"

"让我们往好处想吧,罗杰斯太太。"贝丝说,"我有种预感,这件事肯定会有个好结果。"

"真的吗?"罗杰斯太太急切地问。

"整件事都起源于一件小事——露西受到了不公正的指责。"

"这件小事毁了我们的人生。"她说,"我能说说自己的经历吗?你们对我们太好了,我想应该告诉你们。"

"请说。"贝丝简短地说。

"我是一个穷农夫的妻子。"罗杰斯太太温和地开口了,最初有点犹豫,但还是继续讲了下去,"以前大家都说我是个迷人的姑娘,我的父亲很富有,社会地位很高,我们住在巴尔的摩。后来我爱上了一个男人,说好要嫁给他。但他有了新欢,就毫不犹豫地抛弃了我。我说过,我很脆弱,年轻的时候更是经不起一丁点冷落。这个无情的男人给我带来了巨大的耻辱,我没脸继续待在家里了。我父亲很严厉,他要求我嫁给他选好的人,但我不想照办,就离家出走了。我的母亲早已去世,家里再没什么值得我留恋了。我往西边走,在这个县里找了个教书的工作。那段时间我过得很满足,成功地忘记了那些伤心事。后来我得知了父亲的消息——他再婚了,剥夺了我的继承权,还让我永远不要出现在他面前。

"那时威尔·罗杰斯是附近最有前途的男子汉。他深深地爱上了我，那时的我已经完全摆脱了过去的阴影，未来却毫无保障，我认为在农家度过余生是最好的。于是我舍弃了过去，告诉威尔·罗杰斯我可以嫁给他，做一个称职的妻子，但我的心已经死了。他接受了我的条件，但婚后没多久他就发现不可能再唤起我的爱了。他失去了干劲，整天浑浑噩噩。后来我们的孩子诞生了，那就是我们的露西。威尔就把全部心思给了露西，而新生的婴儿重新唤醒了我心中的激情，我又能爱别人了。露西让我和威尔走得更近了。但威尔已经把年轻时的抱负抛之脑后，他失魂落魄，越来越消沉。威尔虽然没有只顾露西就冷落我，但我让他心灰意冷，不再渴望被爱，于是他一蹶不振，老得很快。他也失去了干劲，所以我们一直都很穷。我的眼睛还好的时候会做些缝纫女工，还能补贴点家用。现在我什么也做不了，我丈夫就全心全意地照顾我，我求他去照看农场赚些钱，他也不听。

"我不在乎过得清贫，也不在乎眼瞎，要是露西也不在了，我或许也不会在乎。我承受了太多痛苦，连自己孩子的死都能接受。但她消失不见了，不知道她是痛苦地活着，还是已经躺在河底了——这最让我受不了。"

罗杰斯太太的悲剧故事讲完了，肯尼斯和贝丝都沉默了，他们很同情她。很难想象这样一位优雅美丽、受过教育的淑女会犯下这样的错误，经历这样多的苦难。尽管老威尔并不适合做她的丈夫，但他仍旧不断付出。他没错。

两人都意识到只有一个办法可以帮助罗杰斯太太，那就是找到她女儿的下落。

"露西长得像你还是像她父亲？"贝丝问。

"她——她跟我年轻的时候很像。"罗杰斯太太说,"窗户中间的墙上有一张她的照片,不过是五年前拍的,那时她还小。她现在——她今年十八岁,发育得很好。"

"我正在看照片。"肯尼斯说。

"你不能放弃希望,罗杰斯太太。"贝丝恳求她,"我希望露西还活着,我们会找到她。我们马上就去找,用各种手段去寻找你女儿。请不要担心,你只要尽量保持乐观,让我们去找就行。"

罗杰斯太太叹了口气。

"威尔也相信她还活着。"她说,"一天没找到露西,他就一天吃不下睡不着。他和我一样深爱着露西。但有时我觉得希望她活着只是我们的自私念头。我也经历过,知道她有多痛苦。要是人生里只剩下痛苦和绝望,就不值得继续活着了。"

"我觉得露西不会再痛苦了。"贝丝坚持说,"现在汤姆·盖茨自由了,可以重新来过。"

"但他留下了污点,"罗杰斯太太很顽固,"谁会雇佣一个曾经伪造过支票的会计呢?"

"我认为我可以雇佣他。"肯尼斯说。

"你会要他吗,福布斯先生?"

"没错。他是为了心爱之人犯罪,我愿意信任他。"

"但是所有人都知道他犯过罪!"她大喊。

"别人会很快忘记这回事的。"他答道,"我需要一个秘书,汤姆来做的话就能很快平息这件事。如果汤姆表现出色,他就能很快迎娶露西,给她一个舒适的家。所以只剩下找到你女儿。我向你保证,我们会努力的。"

罗杰斯太太又哭了，不过这次是因为放心了。在两人临走前，她保证自己一定会乐观向上，去关注生活中的美好。

"我没法报答你们，"她说，"但我们感激不尽。"

在回去的路上，贝丝和肯尼斯都沉默不语，他们被罗杰斯太太的情绪感染了。

"肯，你真棒，想到自己雇佣汤姆·盖茨。"贝丝拍着表哥的胳膊，"他肯定会兢兢业业地为你工作。"

"我真的需要他来帮忙，贝丝。"肯尼斯答道，"信件太多，沃森先生忙不过来了，我不能让他太受累。这个办法很棒，我很高兴。"

他们快到埃尔姆赫斯特时遇上了伊拉斯塔斯·霍普金斯。霍普金斯身边坐了个年轻女孩。双方擦肩而过后，贝丝突然惊讶地抓住肯尼斯的胳膊。

"啊，肯！"她大喊，"你看到没有？看到那个人了吗？"

"看到了，是我的竞选对手。"

"不是，是那个女孩！她是露西——我敢肯定她就是露西！她就是年轻版的罗杰斯太太！停车！停车！我们掉头！"

"别胡说了，贝丝。"肯说，"不可能的。"

"但就是啊，我很确定！"

"我看见那女孩了，"他说，"她和伊拉斯塔斯谈笑风生。你觉得她是伤心到发疯的露西·罗杰斯吗？"

"可能不是。我看到她在笑了，肯。"

"露西现在很难过。黑眼睛的漂亮姑娘不只露西·罗杰斯一个。并且……"

"并且什么,肯?"

"和霍普金斯有联系的人都很好找。"

"没错,"贝丝想了想说,"一定是我搞错了。"她叹了口气。

第十二章 贝丝碰壁

竞选活动热火朝天。霍普金斯先生意识到他必须背水一战,失败就意味着他的政治生涯到此为止。他极其吝啬,所以比谁都清楚议员的位置能带来多少经济价值,而且他只有续任才能收回在竞选活动中花掉的钱。所以他宣布,无论花费多大代价,他都要用同样凌厉的攻势来对付肯尼斯。民主党委员会和霍普金斯的朋友听到这一消息都很惊讶。

霍普金斯再也不敢嘲笑对手了。他承认他们手段高明、行动积极,还知道他们背后有个老练的智囊。

霍普金斯先生召集了自己的党羽,最先做的事情就是仔细调查选民们的投票意向,看看还有什么能做的。

调查结果令人满意,因为最终的调查报告显示支持福布斯的人只比霍普金斯多100人。整个选区的共和党选民比民主党选民多600人左右。上次霍普金斯的票数占83%,所以几个姑娘的政治活动和花在涂广告、收买报纸、拉横幅上的巨款都没什么决定性用处,没给霍普金斯造成毁灭性打击。

虽然数字看起来很乐观,但做调查的民主党人报告说选区的气氛并不稳定,声称支持霍普金斯的人态度都很冷淡,随时可能改变想法。必须阻止这种情况发生,必须让那些意志薄弱的人变得坚定起来,还要确保比对方多几百张票。

民主党委员会提出一个办法。福布斯和霍普金斯都住在门罗县,而门罗县是本州的民主党派据点。然而第八选区还包括华盛顿县和杰斐逊县的部分区域,这两个县的人绝大多数是共和党,所以第八选区里的共和党人居多。竞选门罗县长和竞选众议员的选民是一样的,县长的两个候选人分别是共和党派的卡明斯和民主党派的赛思·雷诺兹。雷诺兹本来可以顺利当选，但民主党委员会决定牺牲他，让霍普金斯获胜。民主党派会找共和党派进行交涉，如果共和党派为民主党的议员候选投票的话，民主党派就为共和党的县长候选投票。这种投票交易非常常见，政治家们都觉得很合理。要解决的问题只有一个，那就是安抚赛思·雷诺兹，霍普金斯已经私下安排好了。县长的年薪是两千美元，霍普金斯就给了他两千美元，以防他来闹事。

雷诺兹意识到牺牲自己是政治需要，很乐意接受这种安排。而从中受益的卡明斯先生和霍普金斯私下见了面，他愿意强烈抨击肯尼斯来给自己换选票。大家都认为计划得很周全，霍普金斯可以轻松获胜了。

伊拉斯塔斯从不打算冒险。政治家的每一个策略都是有用的，而霍普金斯深谙此道。所以他和朋友马歇尔——锯木厂厂长——长谈了好几次，所以肯尼斯和贝丝看到他和一个姑娘在马车上畅谈。霍普金斯是在埃尔姆赫斯特后门的路上接她上的车，她把姑娘们的活动一五一十地告诉了他，还风趣地描述了接待女性政治俱乐部成员时闹出的笑话，两个人都笑得前仰后合。这时两人正好和那对表兄妹相错而过，霍普金斯只顾着笑，没注意到来人是谁。

他和那个姑娘谈了一个小时，给了她一些指示和一些钱，然后把她送回到原来的路上，让她从后门进入埃尔姆赫斯特公馆。

眼看快到了女性政治俱乐部聚会的日子，露易丝为此做了周详的准备。俱乐部是她创立的组织，成员都是选区里农夫的妻子。她们受到露易丝的热情招待，都保证帮助福布斯先生拉票。露易丝希望这个组织能带来可观的效用，希望热情的招待能给她们良好的印象，换来她们丰厚的回报。

帕琪和贝丝都非常支持她，也帮她做各种各样的准备。她们请来了费尔维尤的乐队，让乐队奏出最优美的旋律。她们动用了大量的人力物力来招待客人，在草坪上摆上餐桌，准备了精致又丰盛的菜肴。

聚会那天风和日丽，让人欢欣不已。

早上十点左右，载满妇女和孩子的马车陆续到来。她们邀请了成年男人以外的所有人。这是埃尔姆赫斯特近百年来头一次大规模地宴请宾客，也是这片土地上唯一一次邀请了村民的宴会。所有人都想来参加这盛大的活动。

花园里装点着东方的灯笼，还挂了许多彩带和支持福布斯的横幅，一派喜气洋洋的气氛。这里有成堆的柠檬汽水，桌上放满给孩子准备的糖和水果，仆人们一边分发食物一边照顾客人们。乐队奏起轻快的乐曲。正午还没到，整个场面已经很盛大了。草坪上搭起了一个豪华的演讲台，台下有几百张折叠椅。出席人多得数不清，三个姑娘很高兴，似乎能看到光明的未来了。

"我们需要更多帮手，贝丝，"露易丝走近贝丝说，"你能跑去屋里问玛莎再借几个女仆吗？"

贝丝立刻去管家的房间里找到了玛莎。玛莎老了，身体不好，不过头脑很清晰。她在埃尔姆赫斯特执事已久，是一位得力的好帮手。珍健在时，玛莎就认识了三个姑娘，她非常喜欢她们，尤其喜欢贝丝。她热情地迎贝丝进屋，说道："女仆？孩子，我这边已经没有人手了，我的腿又不中用。本想让新来的伊莱扎·帕森斯在被服室里缝补衣物，但是伊莱扎说她今天早上有点头疼，不能久晒，我就让她休息了。我看她其实没什么毛病。"

"或许她现在好点了，在午餐结束前能帮帮我们。"贝丝说，"她在哪，玛莎？我去问问她。"

"我得带你去，小姐。她在自己房间里。"

老管家带着贝丝来到一扇房门前。贝丝敲敲门，里面传来一个甜美沉稳的声音：

"请进。"

贝丝一进门就发出了一声惊呼，站在她眼前的正是那天和霍普金斯在一起的姑娘——被她认成露西的那位。

贝丝呆立了一会儿，这位新来的女仆就面带微笑沉着地等待着。她很漂亮，身穿埃尔姆赫斯特的女仆制服——连衣的黑袍配上白色的围裙和帽子。

"不……不好意思，"贝丝微微喘了口气，因为女仆实在是太像罗杰斯太太了，"你是不是露西·罗杰斯？"

女仆有些惊讶地扬起眉毛，然后微微一笑，答道：

"不是，贝丝小姐。我是伊莱扎·帕森斯。"

"不可能啊，"贝丝不信，"你怎么知道我的名字？为什么我以前从没见过你？"

"我是个小人物。"伊莱扎的声音平稳又好听，"我几天前才来到这里，负责缝补衣物，打理被褥。来这里工作的人一定得认识小姐们，所以我知道你是贝丝小姐，是福布斯先生的表妹之一。"

"你说话听起来像受过教育，"贝丝很惊讶，"你家在哪里？"

女仆脸上第一次出现了疑惑的神情，她将目光从贝丝身上移开了。

"我能不能不回答这个问题?"她问。

"这个问题很简单,"贝丝咬住不放,"你为什么回答不了?"

"抱歉,我——我今天不舒服,我头疼。"

她坐在摇椅上,双手紧攥放在腿上。摇椅缓缓地晃动。

"不好意思,"贝丝说,"我希望你能到草坪上帮忙。人太多了,我们应付不过来。"

伊莱扎摇摇头。

"我去不了,"她说,"人多了我会——我会很激动,我受不了人多。请原谅我。"

贝丝看看那个女孩,没有要离开的意思。她非常好奇伊莱扎是不是走丢的露西,这简直比斯芬克斯的谜题还吸引人。

伊莱扎无视贝丝审视的眼光,她甚至被贝丝的反应逗笑了。贝丝很漂亮,目前是三姐妹里最漂亮的一个。然而伊莱扎的自然魅力更胜一筹,她自己似乎也意识到了这一点。她的态度不卑不亢,表现得冷静沉着,像是受过教育。贝丝觉得自己在打扰别人,知道该离开了,但莫名其妙地想留下来,她看向女仆的手——尽管伊莱扎的神情和语气都在拼命掩饰,她的双手却暴露了真正的情绪。纤瘦的手指痉挛地扣在一起又松开,证明她脸上冷静的笑容是装出来的。

"我真希望,"贝丝缓缓地说,"我认识你。"

伊莱扎的脸突然涨得通红。她气势汹汹地站起来,把贝丝吓得屏住了呼吸。

"我也希望了解我自己,"她疯狂地大喊,"你为什么要这样烦我？我是你什么人？请你离开，不然我就离开！"

"我走。"贝丝被她的激烈反应吓到了。

贝丝一走，伊莱扎就狠狠地摔上了门，还上了锁。贝丝很气愤，急忙回到表姐妹身边，去接待那些开开心心的客人们。

第十三章　自食其果

宴会非常成功，每个农夫的妻子胸前都带上了丝绸徽章，并引以为豪。徽章上有女性政治俱乐部的简写，还有一句"推举福布斯做众议员"。

许多食物她们见都没见过：夹心蛋糕、西班牙奶油、红酒冻、慕斯蛋糕，更别说鱼子酱和凤尾鱼了。但她们都绝口不提自己的无知，尽情享受美味的食物。

老仆役长经验丰富，看出只靠自家仆人根本忙不过来，就允许露易丝请农夫的女儿们来帮忙，这样就能及时给每人提供丰盛的食物了。

午餐过后是演说时间，乐队在一旁配乐。

露易丝首先上台，尽管她的声音不算太大，但听众们都保持安静，所以大家都能听得到。

她提醒大家这次选举非常重要，因为若是肯尼斯当选，大家的住房环境就会变得整洁漂亮，更有城市气息。

"我们一直被大量的广告包围，"她说，"我们被麻痹了，所以没注意到那些广告已经越来越猖獗，大量的广告硬要挤进我们的视野中。一开始它们只是零散地分布在篱笆上，后来就越打越显眼，最后粮仓上、畜舍上、甚至石头上都画上了刺眼的大字，让我们去买药品、肥皂、烟草之类的商品。每条大路都是一个广告展览馆，很少有房子能够幸免。大家只能任人摆布，因为他们知道自己无力抵抗。福布斯先生准备还大家一个清洁的环境，这时出现了一些反对意见。这是因为农夫们没有理解改善环境的意义，所以我们用事实说话，自己出资将附近的广告粉刷掉，这样大家就能理解，没有广告自己的家会多么美丽。我们相信，现在你们不会再让人在自家房产上画上丑陋的符号。这次行动效果很好，其他地方也会相继效仿，最后让广告只能出现在报纸、杂志、通告上面，这些才是广告该出现的地方。这是福布斯先生已经做过的事，接下来他会给大家讲述他当选后的打算。"

接下来肯尼斯上台，赢得一片热烈的欢呼声。他告诉大家众议员能给本地带来多少好处，保证当选后只要大家希望他就去努力争取。代表民众服务民众，这才是议员的存在意义。某些人被民众推举到高位后就忘记了本职，利用权势为自己谋私，选这样的人是愚蠢的。福布斯先生还承认他是为了反广告才参加竞选的，但他又发现了其他的问题——比如学校太小了，所以非常希望当选议员来解决这些问题。

演讲期间贝丝正好抬头看了一眼公馆，眼尖的她立刻发现女仆伊莱扎躲在一扇半开的窗户后面观察情况、聆听演讲。贝丝想起第一次见到她时她和霍普金斯有说有笑的模样，突然发觉伊莱扎是敌人的间谍。

她想立刻揭发那个女仆当场解雇她，但现在不合适，所以她一直等到聚会结束。

这天邻居们过得非常开心，很享受豪华的招待，一直称赞为她们带来欢乐的三个姑娘。傍晚时，她们心怀感激踏上了回家的路。以前她们只是听说过埃尔姆赫斯特，现在对那里的居民有了更多的好感，大人物也和平民走得更近了。

最后一位客人离开后，贝丝就把表姐妹和肯尼斯召集起来，告诉他们间谍的事。

肯尼斯听了很是气愤，想立刻把玛莎叫来，开除那个虚伪的女仆。但是聪明的帕琪劝他谨慎行事。

"既然我们知道她是间谍，"她说，"她就威胁不到我们了，或许还能利用她治治那个无耻的霍普金斯。所以我们应该好好考虑一下该怎么做。"

"还有一件事，"贝丝支持帕琪，"我对她的身世很感兴趣。她应该不是走丢的露西·罗杰斯，但她肯定有故事，而且有点表里不一。我想多了解了解她。"

"她不可能是露西·罗杰斯，"肯尼斯说，"因为她和难过完全无缘。"

"但是她简直是年轻版的罗杰斯太太。"贝丝说。

"或许只是巧合。"露易丝答道，"我们都没见过露西，或许她和母亲一点都不像。"

"罗杰斯太太说很像。"贝丝说，"不管怎样，我都想把她留在这里观察一下。"

"那就留下她吧，"肯尼斯下了结论，"我会派几个人看守大门，看看她出去见谁。她最多把我们的动向报告给霍普金斯，这也没什么大不了的。"

这件事暂时告一段落。正如贝丝所想，晚上伊莱扎离开了大宅，去小路上见了霍普金斯。他们谈了一会儿，然后女仆冷静地回了自己的房间。

第二天霍普金斯先生就在选区到处发传单，言辞之间似乎是要抹杀昨天宴会给肯尼斯带来的优势。传单上写着："霍普金斯走在时代的前沿，是时代的标志。福布斯从没赚过一分钱，财产全是继承来的，他却想阻止农民们赚取广告收入。他声称要美化环境，其实是在抢劫农民。美景不能当饭吃，农民需要的是钱。所以大家都会选伊拉斯塔斯·霍普金斯。"然后是过去五年里广告商付给农民们的金额统计，总计几千美金。传单最后写着:"霍普金斯向福布斯发起挑战,看福布斯能不能否认这些事实。霍普金斯愿意在福布斯提出的任何时间任何地点当众对质。"

姑娘们立刻接受了挑战。不到两天农夫们就收到通知,福布斯先生和霍普金斯先生周六下午在费尔维尤大剧院会面,辩论广告对本地究竟是有益还是有害。

竞选局面白热化了。两个竞选人针锋相对,选区里的投票人多少都对两人的斗争产生了兴趣,人们都热烈地支持其中一方。

霍普金斯其实不希望对方应战。他本来以为福布斯一伙会无视挑衅,这样他就能嘲笑对方了。

他想起提名候选人之前,在校舍的那一晚他轻松地驳倒了福布斯,于是认为这次也能轻松取胜。

他被肯尼斯·福布斯背后的三个姑娘惹急了,他发现她们是选举活动里的重要因素,就把自己的窘境全部归咎于她们。约翰的行动非常隐蔽,霍普金斯先生甚至没有注意到老家伙的存在。

他气昏了头,不顾朋友的劝阻,执意发行传单去嘲笑"参政的女人"。由于报纸很早就被对方收买了,霍普金斯先生只能通过发传单的方式和选民沟通。不到一天他的传单就被发到了选区的家家户户。

他对姑娘们的指责既没说服力,措辞又很低俗。他质问选民是不是想让女人执政,让"一群没教养的丫头"对本地的政治指手画脚。传单上还写着:"那些卷毛女人想让你的妻子和女儿变得蛮不讲理,但是理性的男人投票时都不会听妻子的。福布斯先生让几个丫头来组织幼稚的政治活动,简直是本地的耻辱。那些丫头就该在家里织袜子，要是她们连织袜子都不会，就去学音乐吧。"

"太棒了！"帕琪读完这份传单后大喊，"如果我没想错，霍普金斯先生要自食其果了。参加宴会的女人都和我们一条心，她们看过这愚蠢的传单都会很愤怒。"

"很抱歉你们要受这种非难。"肯尼斯说，"如果你们继续的话，恐怕还会有类似的事发生。"

但是几个姑娘都笑话他，也笑话霍普金斯，说她们没有生气。

"常在河边走，哪有不湿鞋。"沃森先生严肃地说，"霍普金斯先生也知道，政治这潭水很浑浊。"

"我可不觉得姑娘们做了什么有失体面的事。"约翰坚定地说，"没理由指责她们没教养。她们不过是在认真工作，动用聪明的头脑来教育选民，培养他们的常识。说真的，孩子们，我从未像今天这样为你们骄傲。"他得出这样的结论。

约翰是对的。三个姑娘的尊严并没有受伤，她们高贵优雅，彬彬有礼，任何无端的指责在她们面前都苍白无力。而霍普金斯先生非要指责他们，他的传单只造成了一个结果，那就是让选民们下定决心拥护肯尼斯。

第十四章 露西的幽灵

肯尼斯早就托人告诉汤姆·盖茨，要他来埃尔姆赫斯特。直到宴会两天后汤姆才出现，来求见福布斯先生。

贝丝和露易丝正和肯尼斯在一起，她们也想见见汤姆，于是汤姆就被带到了书房。

贝丝差点没认出汤姆来。他和之前判若两人，神色疲惫，双眼充血，服装也不像以前那样整洁，穿得邋邋遢遢。

肯尼斯走近了仔细打量他。

"你怎么了，汤姆？"

"我没日没夜地寻找露西，先生。自从我得知她伤心离家后就再没合过眼了。先生，你觉得她会在哪里？"

他的声音十分恳切，态度也令人同情。

"我不知道，"肯尼斯说，"你在哪找过？"

"都找遍了，先生，任何她可能去的地方我都找了。我沿着大路挨家挨户地询问。我也问过所有的火车站了，露西没有坐火车，因为她没有钱。而且……而且……河边的人说他们没见过类似的女孩。"

"这就怪了。"肯尼斯陷入了沉思。两个姑娘都同情地望着汤姆。

"先生，如果你认识露西的话，就知道这太奇怪了。她的性格随和内向，像小孩子一样害羞，从不会让人失望难过。但是她头脑不清醒了，先生，她不知道自己在做什么，所以她走丢了。从她离开家的那一刻起，就再没有她的消息了。"

"一般来说，"肯尼斯说，"一个发疯的穷姑娘在乡下乱走，肯定会被许多人看到。她带了衣服吗？"

"只有身上穿的那件，先生，连帽子和围巾都没戴。"

"她穿的什么衣服？"贝丝急忙问。

"是一件朴素的浅灰色袍子。我唯一确定的是她围了个白巾。她母亲看不见，老威尔又是老花眼。"

"露西和她母亲长得像吗？"贝丝问。

"非常像，小姐，大家都说她很漂亮。都是我的错——是我不好，我想救她，却把她逼疯了！"

"你本该想到，"肯尼斯说，"她那种性格没法接受爱人去犯罪。"

"我是为了她。"

"这借口太苍白了。你再等等，露西就能证明她是清白的。"

"他们威胁说要拘留她，先生，她受不了。"

"他们不敢仅仅因为怀疑就拘留人。"

"斯夸尔斯一家什么都敢做，你不了解斯夸尔斯老太太。"

"但是我了解法律，汤姆。不管怎么说你都干了蠢事，伪造支票是严重的犯罪。"

"你说得对，先生。"汤姆·盖茨沮丧地说，"我很蠢，犯了罪。我不在乎自己怎么样，但我的露西为此发疯了。"

"打起精神来，"肯尼斯严厉地说，"你快要崩溃了，很快也会疯掉。如果找到了露西，你希望她看到你这副模样吗？"

"先生，还能找到她吗？"

"我们在努力寻找她。"肯尼斯答道，"看来你没找到，威尔·罗杰斯也没找到。三天前我请了芝加哥最好的侦探去找她。"

"哦，肯尼斯！"贝丝惊呼，"我都不知道。你真好！"

"去拜访罗杰斯太太的人一定就是那个侦探了。"汤姆似乎想起了什么，"她告诉我来了一个奇怪的人，他自称是福布斯先生派过来的，打听了关于露西的一切。"

"没错。他每天晚上都向我报告进展。"肯尼斯说，"伯克先生告诉我这是他见过的最离奇的案子。目前还没有线索，但是你可以放心，伯克什么都会做。"

"感激不尽，先生！"汤姆说。

"现在你必须找回男子气概，不能向困难低头。"

"我会努力的，先生。现在有点盼头了。"

"盼头还多呢，绝望也没有用，你必须工作。"

"我会的。附近的人都知道我名声不好，不容易找到工作，但是露西有消息之前我又不能离开这里。我会努力找工作，只要别人要我，干什么都行。"

"我需要人帮忙处理信件，"肯尼斯说，"你能当我的秘书吗？"

"我吗，福布斯先生，你是说我吗！"

"没错，汤姆。开始我一周会给你二十美元，如果你干得好还会给更多。你还要住在这里。"

尽管汤姆·盖茨拼命克制自己，他还是瘫倒在地，哭得像个孩子。

"请……请原谅我，福布斯先生。"他的声音充满懊悔，"我……我很久没合眼了，控制不住自己。"

"现在你得去睡一觉,好好休息一下。"他转向贝丝,"你能去找玛莎,让她给汤姆·盖茨准备一个房间吗?"

她立刻照办了。汤姆渐渐冷静了下来。

"我会打字和速记,福布斯先生,"他说,"我也会记账。我会全心全意为你效劳的,先生。"

"这个之后再谈,汤姆。"肯尼斯亲切地说,"现在你必须睡一觉恢复精力。不用担心露西,伯克会竭尽所能,我相信他能很快找到露西。"

"谢谢你,先生。"

然后汤姆就跟着仆役长去了他的房间。两个姑娘表示了对他的同情,然后三人的注意力集中到了眼下最要紧的事上。很快就要和霍普金斯进行辩论了,帕琪也加入进来,四人商量有没有什么办法能大获全胜。霍普金斯依然把反广告的事当成重心,所以他们必须对上一张传单的误导做出强有力的还击。

与此同时,筋疲力尽的汤姆·盖茨陷入了深深的睡眠,他醒来时天都快黑了。他睁开眼,发现夕阳正沉入地平线,害怕因为自己态度怠慢而受惩罚。他想起现在他是福布斯先生的秘书,福布斯先生可能需要他。尽管还没休息够,但夜幕即将降临,之后还能继续休息。

他的精神好了很多,也冷静了下来,穿好衣服进入大厅,想下楼去。

贝丝的房间正好靠近这条走廊,她刚去房间里换完衣服,准备去吃晚餐,结果刚关上门就听到一声激动的大喊:

"露西!"

她立刻跑进大厅进入走廊,拐过弯后她看到了奇怪的一幕。

汤姆·盖茨正朝着伊莱扎·帕森斯伸出双臂,伊莱扎离他有几步远,把背贴在自己的房门上,显然是刚从里面出来。她一动不动地站着,好奇地看着面前的年轻人。

"露西!你不认识我了吗?"他的声音因激动而颤抖。

"不好意思,我的名字叫做伊莱扎。"女仆冷静地说,"我们没有彼此介绍过,所以我并不认识你。"她微微一笑。

汤姆·盖茨后退了一步,仿佛受了打击。

"你不是露西!"他咕哝道,"但是……但是……你肯定是露西!你肯定认识我!看看我,亲爱的,我是汤姆,我是你的汤姆啊,露西!"

"我很高兴,年轻人。"女仆的声音略带嘲讽,"如果你是我的汤姆,那你就别挡我的路,让我去工作。"

汤姆一言不发地退到墙边,给她让出路来。伊莱扎一脸不屑地走了过去。

等伊莱扎·帕森斯消失在楼下,贝丝深吸了一口气走到汤姆·盖茨身边,汤姆还站在墙边,盯着伊莱扎消失的地方。

"我无意中听到了你们的争执,"贝丝说,"告诉我,汤姆,她长得真的很像露西吗?"

他茫然地看着贝丝,似乎没听懂她说什么。

"你是不是认错人了?"贝丝又问一遍。

他用双手捂住眼睛,浑身一颤。

"那不是露西就是露西的幽灵。"他低声说。

"伊莱扎·帕森斯不是幽灵,"贝丝说,"她是埃尔姆赫斯特的一个女仆,你很快就能再次见到她。"

"她来这里很久了吗？"他急切地问。

"不，来了几天。"

"是吗！"

"我第一次看到她时吓了一跳，她和罗杰斯太太太像了。"贝丝说。

"但她和露西不一样。"汤姆抽泣了，"她太……太冷静太无情了，露西不是这样的，小姐。"

"她或许在演戏。"贝丝安慰他。

但他只是忧郁地摇摇头。

"不，露西不会这样演戏，她活泼又冲动，但她……她不会演戏。而且她也不会这样对我，贝丝小姐。我和露西相爱多年，熟悉她的每个表情。露西不会露出那个女孩刚才的表情。我肯定是搞错了，我……我绝对搞错了。"

贝丝叹了口气，她很失望。

"我想是我思念露西太久太强烈了，"汤姆接着说，"我一直在担心她有个好歹，自己都不太正常了，误以为这个女孩就是露西，她们太像了。刚才你说她的名字叫什么？"

"伊莱扎·帕森斯。"

"谢谢。能告诉我去哪找福布斯先生吗？"

"他准备吃晚饭了，暂时不需要你。"

"那我就回房间去了。她们太像了，我……我非常震惊。德格拉夫小姐。"

"我非常理解。"贝丝说。然后她回到了自己的房间，为伊莱扎和露西的神似而迷惑。她们两个像到连露西的爱人都分不清，真的只是巧合吗？

第十五章　时代的标志

第十五章 时代的标志

"如果她真的是露西·罗杰斯，第二天早上她就会不见的。"贝丝对表姐妹们讲述了走廊里的一幕，然后这样说道。

但是伊莱扎·帕森斯第二天还留在埃尔姆赫斯特，她仍旧冷静地工作，而且明显刻意避开认错人的汤姆。贝丝一有机会就观察她，最后得出的结论是她没有在演戏。她笑得非常自然非常开怀，心里不可能暗藏着其他感情。

不可否认的是她依旧很神秘。纵然她被伊拉斯塔斯收买做了间谍，她肯定有过不寻常的经历。

贝丝对她的经历很好奇。

至于汤姆·盖茨，他认错了人很不好意思，就尽量避开伊莱扎。所幸伊莱扎一直在被服室附近，汤姆基本都在书房。

肯尼斯眼下没什么机会去测试新秘书的能力，因为三个姑娘一直在使唤汤姆，派他去做各种各样的事。汤姆什么都愿意做，但她们考虑到他很介意外人的眼光，就让他留在埃尔姆赫斯特。这里的工作也很多，每个人都忙得不可开交。无论接到什么任务，汤姆都能出色地完成。

周六上午，三个姑娘、肯尼斯、沃森先生和约翰都去了费尔维尤，去准备下午的辩论，把汤姆·盖茨留在家里。由于霍普金斯要求对手指定时间和地点，所以肯尼斯一行不得不负责一切事前准备和费用。三个姑娘无论做什么都在行，这两天她们接管了大剧院，还邀请了管弦乐队。两个竞选人要当面辩论的消息越传越广。

一行人在费尔维尤旅馆吃过午餐，三个姑娘就急忙去了大剧院。肯尼斯留在旅馆参加共和党委员会的会议。委员会的人已经发觉交换选票的事，他们很痛惜，不甘心福布斯和雷诺兹就这样成了霍普金斯和卡明斯的牺牲品。卡明斯先生也受邀出席了，他声称交易选票的事没有经过他的同意，但他拒绝将交换选票的事公开。

这件事情非常严重，因为每失去一票对方就多出两票。而且霍普金斯那些煽动人的传单影响了许多无知的选民，引发了许多对共和党不利的舆论。

"最近的调查显示，"共和党主席坎宁安先生说，"我们正在迅速失利。如果不能挽回人心，我们获胜的可能性很小。霍普金斯让我们失去了多数的优势，我们的票数很难胜出。这点很令人沮丧，因为福布斯先生已经花了大量的金钱，而霍普金斯只花费了一点。"

"我不介意。"肯尼斯平静地说，"我希望每个选民都能理解选举活动中的问题。如果他们还是要反对我，那是因为他们不值得诚实的人来代表，他们将来自然要面对自己选择的后果。"

委员会两点前休会了。人人都表情凝重，为参加大剧场的辩论会做准备。坎宁安先生觉得不该举办这次辩论会，霍普金斯能言善辩，正好趁此机会当众嘲笑肯尼斯。

肯尼斯和他的支持者即将到达大剧院时，他们听到了热烈的欢呼声，伊拉斯塔斯开着一辆插满彩旗和横幅的彩车来到了会场。他和肯尼斯打了个照面，肯尼斯礼貌地说：

"下午好，霍普金斯先生。"

"啊，这不是福布斯吗？"霍普金斯轻蔑地回答，"我以前是不是在哪见过你？"

"是的，先生。"

"很高兴你来了，福布斯，我很高兴你能来。"霍普金斯穿过拥挤的人群，"开这种会都是为了教育年轻人。几个姑娘还好吗？"

围观人群爆发出一阵哄笑，霍普金斯先生笑了笑，走进了大剧院。肯尼斯非常想狠狠给他一拳，但还是老老实实地跟了进去。

剧院里坐满了来看热闹的人。姑娘们安排得很妥当，大舞台的左边是给霍普金斯一方准备的，备有一个演讲台和几把椅子，椅子是给重要人物坐的。右边简单地为福布斯一方做了准备。舞台正中央坐着足足五十个小女孩。她们头上有个巨大的横幅，写着"时代的标志"，这是霍普金斯想出来的竞选口号。最令人惊讶的是女孩们的穿着。她们都穿着白色长袍，上面画着许多显眼的广告标志。那些广告有的是泡打粉，有的是处方药，还有肥皂、嚼烟、早餐食品等等。全场的观众都能看得到她们，同样也看得到那一堆乱七八糟的广告标志。姑娘们头上的横幅明白地告诉大家，这就是所谓的"时代标志。"

霍普金斯看到这一幕满意地笑了。他认为这是某个朋友在为他加油助阵，顺便羞辱一下对方。这些女孩们身披著名广告，非常合他心意。霍普金斯控股的鹰眼牌早餐食品也很显眼。

待交响乐团奏完一个乐章，霍普金斯先生站起来发言，获得一片掌声。

"诸位朋友，我们在进行一次愉快的选举活动。"他说，"但是大家不能把选举当儿戏。福布斯先生古怪的观点和行为已经给大家造成了一些损失。长辈都教育我们要看好自己的收益，否则就赚不到钱。"

"时代在不断进步，全国上下都在快速发展，我们第八选区则是发展最迅速的一个。上次选举我顺利地被大家选做代表进入众议院，希望还能继续代表大家，代表这个全国最睿智、最有深度、最富裕的选区。"座下响起一片欢呼声，霍普金斯继续说，"谁敢指责我们愚蠢？谁敢干涉我们的自由？谁敢不请自来地闯入我们的领地，涂掉我们拥有的广告标识？谁这么无理取闹多管闲事？谁没赚过钱就把自己的意识强加给我们？"

他停下来等待更热烈的欢呼，但听众们都沉默了。周边的人群开始发出嘘声。霍普金斯听到后立刻继续演说。

"我并不是说福布斯先生不是好人。"他说，"他只是误入歧途，做事太荒唐了，他应该老实一点，因为他不过是从叔叔那里继承了遗产，而且……"

台下又响起了嘘声。霍普金斯先生明白必须停止人身攻击，不然他自己的威望就要受损了。肯尼斯和他的支持者们安静地坐在原位。大家都熟悉的三个姑娘和共和党人坐在一起，她们听到霍普金斯先生的责骂，没有一个露出一丁点厌烦的表情。

"我的传单上已经写了，"霍普金斯继续讲，"对本地的农民来说，广告是一笔巨大的收入。过去五年的广告收入是3783美元，而农民们不需要付出什么。这笔钱属于农民们，谁也不能剥夺他们赚钱的权利。请大家仔细想一想，广告是做生意的重要途径，而商业是我们发展的重要途径，所以众多的广告商是不可战胜的。想象一下，如果本地的所有人都拒绝往自家地产上画广告，结果会怎样？别处的农民就会赚到那笔钱,你把恶魔拒之门外,却赚不到钱。当然,广告商只给你钱而不求回报,也不能叫恶魔。"

诸如此类的话说了好久,霍普金斯先生终于宣布"将演讲机会交给年轻又没经验的竞争对手"。他还请观众们对肯尼斯保持耐心,体谅他那"不切实际的偏见"。

霍普金斯抹黑对手的策略没什么成效,因为肯尼斯登台时欢呼声比霍普金斯那时热烈多了。辩论会的观众们都很公正,也愿意听一听福布斯先生的观点。

"我们尊贵的议员提出了建议,值得大家仔细考虑。"肯尼斯冷静地发言,"只有了解双方的观点,大家才能做出公正的判断。霍普金斯先生的主张是诸位获得了经济利益,所以应该在你们的地产上画广告。他说过去五年本地农民的广告收入是3783美元,我不否认,这是实话。我有一份农业部的报告,过去五年第八选区农民的全部收入是1150万美元。"

观众席上传来惊呼声。肯尼斯等待他们平静下来。

"这个数字乍一看令人震惊,"他说,"这个数字也证明了合计数据大得不可思议。大家注意,我这份报告是过去五年间的,霍普金斯先生的也是。大家可以计算出每个农民的平均年收入是600美元左右。这个数字令人欣慰,证明我们是个富裕的地区。总数庞大,基数却是正常范围。霍普金斯先生说,过去五年本地农民的广告收入是3783美元。让我们来分析一下这个数字。首先除以5,大家每年能拿到756美元加60美分。根据统计局最新统计,第八选区里约有2500家农场,我们再除以2500,可以发现就算涂满广告,平均每家每年也只能拿到三十又四分之一美分。广告的收入占总收入的万分之五。这么微不足道的数目对大家造成不了什么影响。"

"霍普金斯声称你们不需要任何付出就能获得这30美分,但我可以明确地告诉大家,你们要付出很大的代价。如果你出租给那些自私的广告商,你就失去了房地产的私有权。大家整洁的粮仓和篱笆是周围人的好榜样。当我走在大街上,看到大家的粮仓不再画满广告,而是刷得整洁怡人,你们想象不出我有多骄傲!我想问大家,既然粮仓上可以画广告,为什么住的房子上不能画广告?再退一步讲,还可以在孩子的衣服上画广告,就像这些女孩们一样。"

肯尼斯话音一落,露易丝就打了信号,那些穿着奇异的女孩子站了起来,走到舞台前方。管弦乐队奏起了旋律,女孩子们开始歌唱:

绿茶,肥皂,
食品,医药,
我们身上都是广告。
出卖吾身,
赚得美分,
这笔交易值得较真。
身着此衣,
并不适宜,
福布斯提出了质疑。
霍普金斯,
自然明知,
商机在此机不可失。"

等姑娘们唱完了,肯尼斯说:"对于那些强横的广告商来说，这些时代的标志合情合理，他们才不管什么个人隐私。以前他们规规矩矩，只在报纸上打广告。后来他们开始在大家的篱笆上打广告。如果有农民出来反对，就给几便士打发走。他们只付出少量的钱，就能在大家广阔的粮仓墙上、篱笆上随心所欲地画广告，就能在大家的田里立广告牌。如果大家屈服了，他们或许会往大家的妻子孩子衣服上画广告。他们就是这么铁石心肠，践踏个人的隐私。诸位朋友，看看那些女孩们，你们更喜欢现在这样，还是……"

话音刚落，女孩们都脱下了画满广告的袍子，露出洁白无瑕的长裙。

观众们大吃一惊，随即爆发了鼓掌声、欢呼声和大笑声，持续了几分钟才安静下来。然后女孩们开始唱另一首歌：

"广告去除，
洁白如初，
看起来更加舒服。
舒适整洁，
才算和谐，
给人美好的感觉。
我们才是，
时代标志，
适合富足的盛世。
整洁如此，
你若称是，
请投票给福布斯！"

这次的喝彩声更加响亮，霍普金斯先生火冒三丈，对着观众大喊起来。但观众的注意力都被前后对比的巨大反差吸引住了，他们大喊："福布斯！福布斯！福布斯！"最后，伊拉斯塔斯恼羞成怒，忿恨地离开了会场。

这是他能做到的最大反抗。他坚信会场里的人都是福布斯安排的群众演员，再理会他们是在浪费时间。

他走之后肯尼斯继续演讲，观众们的热情更加高涨了。这次辩论会的赢家显然是共和党候选人。埃尔姆赫斯特一行人对结果非常满意，开开心心回了家。

第十六章　最后的线索

埃尔姆赫斯特的仆人们都在一间整洁的饭厅里吃饭，饭厅的窗户正对天竺葵花园。汤姆·盖茨在这里工作了两天，才在饭厅遇到伊莱扎·帕森斯，因为仆人们没办法同时吃饭。

就在辩论会当天午餐时间，汤姆坐在了伊莱扎的对面。这是他第二次见到她。另外只有一个人在场，是老车夫唐纳德，他耳朵很背，也不好奇周围的人在说什么。

汤姆坐下后战战兢兢地看了伊莱扎一眼。伊莱扎笑着说：

"哎！这不是把我误认成露西的人吗？"

汤姆的脸涨得通红。

"你……你非常像她。"汤姆结巴了，他一直盯着她的脸，"即使现在我也不敢相信是认错人了。"

她开怀地笑了，笑声像银铃一样悦耳。她笑着笑着猛然停了下来，把手放在胸口，向汤姆投去锐利的视线，这巨大的反差吓得汤姆站了起来。

"请坐。"她慢慢地说。然后她开始仔细打量汤姆的脸，仿佛渴望看到什么。但她立刻摇了摇头，叹了口气。一会儿她的情绪又变得轻松愉快起来。

"今天房子里清净多了，很让人安心，对吧？"她问道，冷静地喝着汤，"最近太热闹了，选举结束我就轻松了。"

"你来这里多久了？"汤姆问，尽管贝丝已经告诉过他了。

"时间很短。你呢？"

"两天。"他说,"你来这里之前住在哪里?"

她摇摇头。

"希望你能回答我。"他恳求她,"我这么问是有理由的。"

"什么理由?"她突然又严肃起来。

"我从小到大从没见过有两个人这么相像。你和露西简直是一个模子里刻出来的。"

"真的吗?"

"可以让我看看你的左臂吗?"

"不行。"

她又开始观察他的脸。

"如果你是露西·罗杰斯,左臂上就会有一个伤疤。好几年前你烧伤过自己。"

她一瞬间看起来有些害怕,然后答道:

"我左臂上没有伤疤。"

"你能给我看看吗?"

"不能,你是在骚扰我。你叫什么名字?"

"汤姆·盖茨。"

她想了一会儿,然后摇了摇头。

"我从没听说过你。"她肯定地说,然后继续低头吃饭。

汤姆不知所措。有一瞬间他确定她就是露西,但下一瞬间又被彻底否认。这个女孩的行为举止是露西从来不曾有过的。露西害羞又谦逊,而她大胆又奔放。露西的眼神深沉又严肃,她的眼神却常常在笑。但她们的眼睛一模一样。

"我跟你讲讲走丢的露西吧。"他瞟了一眼无动于衷的唐纳德。

"说吧，如果说出来你能好受点。"她认真地答道。

"她住在距离这五英里的农场上，是我的知心爱人。她的母亲看不见，她的父亲年事已高、身体虚弱。她在镇上为一个牙医工作，被污蔑偷了一枚戒指，为此她伤透了心。为了赔偿那个钻石戒指，我……我陷入了麻烦。露西大受打击，她脑子不清醒了，她疯了。某天晚上，她悄无声息地离家出走了，我们至今都在找她。"

"真不幸。"伊莱扎往面包上涂上黄油，说道。

"露西消失之后，你就出现在埃尔姆赫斯特了。"汤姆继续说，"你的长相和身材都和我的露西一样。所以我才问你，你是从哪来的，怎么来的。"

"啊，你觉得我疯了吗？"伊莱扎露出戏弄的微笑，"我不想满足你的好奇心，也懒得证明自己精神正常，我也没有装成你的露西。麻烦你把砂糖递给我，也请不要瞪着我，好像我吓到了你似的。"

汤姆把砂糖递了过去，但是他吃不下，也没法把注意力从她身上移开。他想再和她聊聊，但她很厌恶这样纠缠不休。她立刻起身走开了，走出房门前露出一个调皮的微笑。这个笑容让汤姆觉得他真的搞错了。

其实汤姆已经再三考虑过，知道她不可能是露西。但每次看到她都止不住心中的思念。他的心告诉他那就是露西，他的大脑却告诉他不可能。

他在书房等待福布斯先生从费尔维尤回来，一个男人走了进来坐在角落里。

那个男人很瘦小，相貌平平，脸颊瘦削，两只灰色的眼睛靠得很近。他观察着汤姆，汤姆差点没看见他。男人的举动让人觉得他不喜欢被关注。

"先生，你在等福布斯先生吗？"汤姆问。

"是的。"一个平静的声音答道。

汤姆突然想到他可能就是侦探，如果真是，汤姆很想跟他谈谈。所以他猜测：

"你是伯克先生吗？"

男人点点头，望着窗外。

"我是汤姆·盖茨，先生。"

"我知道。"

"你以前见过我吗？"汤姆惊讶地问。

"不，我听说过你，仅此而已。"

汤姆想起最近做过的蠢事，羞红了脸。不过他继续询问侦探。

"伯克先生，你有露西·罗杰斯的消息吗？"

"还没有。"

"有什么线索吗？"

"只有一丁点，不值一提。"伯克先生说。

汤姆静静地站了一会儿，然后说道："我想我找到她了，就在前天。"

"是吗？"侦探产生了兴趣。

"先生，这里有个姑娘，是个女仆，她和露西·罗杰斯一模一样。"

"那你应该能认出她来。"侦探说，他仍然望着窗外。

"但她们除了长相之外完全不一样。她的脸和身材和露西如出一辙，我想看看她左臂上有没有伤疤，她拒绝了我。"

"露西·罗杰斯的左臂上有伤疤吗？"

"是的，先生。是几年前的事了，那时候我们还小，一起在厨房里做糖果。露西不小心把自己烧到了。她的左前臂上有一块大伤疤，一辈子都不会消失。"

"这是个好消息。"伯克先生说。

"她说她叫伊莱扎·帕森斯，"汤姆回想着，"她的声音也和露西一样。但她的表现和露西完全不一样。伊莱扎会笑话我、捉弄我，她外向又傲慢，而且——非常冷静沉着。而露西遇到这种情况，最不可能冷静了。"

"你近距离观察过她吗？"侦探问。

"是的，先生。"

"但你还是不能肯定她是谁？"

"正是如此，先生，我不能肯定。她是露西，却又不是露西。"

"伊莱扎·帕森斯是什么人？"

"她不肯说她来自哪里，但露西失踪后一两天她就来到了埃尔姆赫斯特。这些巧合都让我怀疑自己的判断。"

"是谁雇佣了她？"

"我不知道，先生。"

伯克先生中止了对话，依旧望着窗外的乡村风景。汤姆忙着给选举处的共和党人写通告。今天是周六，而选举就在下个星期二。费尔维尤的辩论会是选举前最后的重要集会。

黄昏时分，一行人坐着汽车从费尔维尤回来了。辩论会的成功让三个姑娘兴高采烈，她们跟着肯尼斯去了书房，仆役长刚刚在馆里点上灯，还生起了炉火。

肯尼斯向伯克先生致意，把他介绍给了姑娘们。她们也想听听报告。

"我们都对露西·罗杰斯感兴趣，伯克先生。"肯尼斯说，"你可以放开了说。有什么新消息吗？"

"没什么重要的，先生，只有你家里有一条线索。"侦探说。

"在埃尔姆赫斯特？"肯尼斯很诧异。

"是的，汤姆·盖茨在这里见到一个女孩——一个女仆，她非常像露西·罗杰斯，他一开始还以为她就是走丢的露西。"

"我知道，"贝丝赶紧说，"是伊莱扎·帕森斯。那是汤姆搞错了，他在昏暗的走廊看到她，所以认错了人。"

"我后来又见过她，"汤姆插嘴，"她们真的一模一样，只有态度不一样。"

"汤姆来之前我就见过她，那时真的吓了一跳，她和罗杰斯太太像极了。"贝丝说，"我没见过露西，但我见过罗杰斯太太，伊莱扎在各个方面都很像她。福布斯先生和我见她与霍普金斯先生坐在同一辆马车上，那时我们都不知道她是这里的女仆。她负责缝补衣物，管理被服室。她没有亲戚。"

贝丝讲述了他们第一次看到露西的情况，还讲述了他们如何发现她是霍普金斯先生的间谍。

侦探对这些话很感兴趣，而且惊讶于自己的无知。

"不用说了，"肯尼斯说，"她不是露西·罗杰斯。她们不可能是同一个人。"

"为什么？"伯克先生问。

"是这样的，露西是个温和亲切的乡村姑娘，没有生活经验，脆弱又容易受影响。她得知爱人犯罪，责怪自己让爱人蒙羞，忧虑过度得了精神病，至少是不太正常了。她精神错乱离开了家，从此再没有了消息。这是露西·罗杰斯的经历。我们再看看伊莱扎·帕森斯。露西失踪后她的确立刻出现了，但这恰恰证明她们不是一个人。伊莱扎没有精神错乱。她那么年轻，却冷静沉着，还成熟到能做间谍，欺骗别人露西可做不来。伊莱扎一点都不悲伤，她过得非常开心，做事随性又莽撞。无论怎么看她都过得很快活。考虑到以上几点，两个姑娘完全没有关系，只是长相相似。"

伯克先生耐心地听完，然后摇摇头。

"你的话让我越发怀疑她就是露西·罗杰斯。"他冷静地说。

大家沉默了，都好奇地望着侦探，等着他做说明。

"自从我接到这个委托，开始寻找走丢的露西，"伯克先生说，"就一直遇到各种出乎意料的挫折。所以我怀疑这件事会不会出现了什么离奇的发展。我有多年的办案经验，曾经研究过由过度悲伤和恐惧导致的突然失忆。我得出一个结论，就是人的精神一旦失衡，就容易发生惊人的改变。受害者性情大变，会在许多方面变得和原来完全相反。我想露西·罗杰斯也是这样。"

"你是说露西在欺骗我吗，先生？"汤姆的语气带着责备。

"她是真的不认识你。"侦探肯定地答道，"她连自己是谁都不知道。我见过一些例子，患者将过去的事全忘记了。"

大家都陷入了沉思，侦探的解释太离奇，周围的人脑子都跟不上了。

然后露易丝问道:"这种情况有得治吗,伯克先生?"

"有希望。一般来说这种精神失常是永久性的,但也有很多痊愈的例子。接下来首先要验证这个推论。或许我完全推测错了,至今遇到不少离奇案件,教给我一个道理,那就是万事都有可能发生。我手头的资料足够确认伊莱扎·帕森斯的身份,确定之后就能采取措施了。福布斯先生,谁负责雇佣仆人?"

"玛莎,我的管家,女仆一般由她雇佣。"

"麻烦你叫她过来吧。"

肯尼斯立刻照办了,没过多久玛莎就来到了书房。

玛莎是一位瘦小的老妇人,面容慈祥,眼神亲切。

"玛莎,"肯尼斯说,"新来的女仆伊莱扎·帕森斯是你雇佣的吗?"

"是的,先生。"这个问题让她很意外。

"这是伯克先生,玛莎,他问什么你就回答什么。"

"好的,肯尼斯主人。"

"伊莱扎来的时候有介绍信吗?"侦探问。

玛莎想了想。

"应该没有,先生。"

"你经常雇没有介绍信的人吗?"伯克先生问。

"不,伊莱扎有我表妹的信。我表妹是霍普金斯太太,住在埃尔姆伍德。"

"霍普金斯太太是你表妹?"肯尼斯问。

"是的,先生。她嫁给伊拉斯塔斯之前姓菲布斯,我也姓菲布斯。"

"霍普金斯太太的信上写了什么？"

"她说伊莱扎聪明能干，缺人手的话务必要雇佣她。我正好需要人来缝补衣物，就雇佣了伊莱扎。她做得不好吗，先生？"

"不是。请暂时别告诉她我们问起过她，菲布斯女士。"侦探说，"没别的事了。"

"你想见伊莱扎吗？"等老管家走后，肯尼斯问。

"暂时不用。我想先见见霍普金斯太太。"

"今晚吗？"汤姆急切地问。

"如果福布斯先生允许，我马上就去。"

"当然可以，先生。"肯尼斯说，"我们明天再见吗？"

"我处理完立刻回来。"

"你需要马或汽车吗？"

"如果方便的话，请派人开车把我送到埃尔姆伍德镇上。"

肯尼斯吩咐下去，然后伯克先生问：

"先生。这件事你想了解到什么程度？"

"什么意思？"

"你打算花多少钱？"

"开销很大吗？"

"不好说。我们可能需要专业的内科医生，脑疾病方面的专家。"

"你认识这样的人吗？"肯尼斯问。

"是的，但那人得从布法罗赶过来，这要花不少钱，先生。所以我才问你要不要尽力去救她。"

肯尼斯考虑了一下。几个姑娘都期待地看着他，汤姆·盖茨紧张得不得了。

"我原本只是想找到走丢的露西，好安抚她的母亲。"肯尼斯说，"我是为此雇的你。实际上我既没见过露西·罗杰斯，也对她没兴趣。"

"我有兴趣。"贝丝说。

"我也是！"

"我也是！"帕琪和露易丝异口同声。

"我认为，"约翰一直安静地听着，这时插嘴了，"肯尼斯为这事已经花了很多钱。"

"这怎么行！"三个姑娘一起抗议。

"因此，"梅里克先生说，"我建议剩下的费用由我负担，和肯尼斯分担一下。"

"那更好！"帕琪说，"我早就猜到约翰舅舅要这么说。"

"我许可，有需要就给那位医生发电报，该花钱时就花。"梅里克先生转头对侦探说，"我们遇到了一个有趣的谜题，想看到最后的谜底。"

"很好，先生。"伯克先生点头致意，然后就离开了。

"不知为何，"贝丝说，"我对这位侦探先生很有信心。"

"他是个侦探，"约翰笑着答道，"侦探的主要工作就是犯错误。"

第十七章　长舌的议员太太

霍普金斯议员的家在镇子边缘，设计得很现代，但不算宏伟，配上一个小院子刚刚好。家里的大小事都是霍普金斯太太在操劳，省下了请女仆的钱。霍普金斯先生从贫穷的马童爬到政客的地位，却从没想过慰劳一下妻子。对他来说玛丽只是财产的一部分，过度劳作使得玛丽嘴巴又毒脾气又坏，他却不闻不问。在州政府的时候，伊拉斯塔斯很舍得花钱，经常吃奢侈的香槟晚餐。他的同事都觉得他人很好，就是花钱大手大脚。他还专门雇了一个裁缝做衣服，来保持精明干练的商业形象。但在家时他能省则省，完全不顾个人形象。玛丽想买些得体的新衣服，丈夫基本都会拒绝她。而且他还不停嘱咐她减少开销，不然他们就得住进收容所。

玛丽知道伊拉斯塔斯很有钱，能把她当阔太太养着。但是女人有时很死板，她们不去反抗，甘愿接受命运。玛丽活得像个奴隶，只要丈夫不责骂她，她就很满足了，但这并没有让她好过一点。

她对政治完全没兴趣，很讨厌那些来找她丈夫谈选举的人。他们一来，霍普金斯先生就会把客厅当成办公室发号施令。不过这影响不到他妻子，这种时候她一般都在厨房忙活。

周六晚上，夫妇两个早早吃完了饭，霍普金斯太太利落地清洗完餐具，坐在客厅里织袜子。伊拉斯塔斯匆匆忙忙出了门，去镇上找他的亲信，估计霍普金斯太太睡下后他才能回来。

当门口响起轻轻的敲门声时，她非常吃惊。她打开门，看到一个瘦小的男人站在门口。

"是霍普金斯太太吗?"他平静地问。

"是的,你有什么事吗?"

"你丈夫让我来这里等他。我有很重要的事找他,不会打扰你的。"

"好吧,请进。"她的语气很刻薄,"谢天谢地,选举总算快结束了,我们终于能清净几星期了。"

"真是难为你了。"那人跟着她走进客厅坐了下来,把帽子拿在手里,"选举活动谁都烦,我已经筋疲力尽,再也不想管这种事了。"

"那你怎么不换个正经工作,"她轻蔑地反驳,"老老实实地过日子呢?"

"哦,我现在够正经了。"他轻声说。

"我不信。他们那些秘密会议和阴谋诡计都不能见光。不要跟我说话!玩政治的都是流氓!"

"或许你是对的,夫人,或许你是对的。"男人叹了口气。

她严厉地盯着他。

"你不是埃尔姆伍德镇上的人。"

"没错,夫人。我是从费尔维尤来的,有公事要找你丈夫。"

她不屑地哼了一声,一言不发拿起袜子继续织。男人很有耐心,安静地坐在椅子上看她做活。

玛丽·霍普金斯见他为人温和,就不那么防备了。她不反感他坐在那里,有个人在能让屋子显得不那么空旷。她做活时喜欢和人聊天,伊拉斯塔斯很早就发现了这一点,总是叫她闭嘴。这位客人应该不会那么粗鲁。

"你不常出门吧,夫人?你应该不常参加社交活动。"对方贸然开口了。

"为什么这么想?"她问。

"交际花一般没时间收拾房子,你家却很整洁。"他说。

"你说对了。"她的语气温和了一些,"如果我像埃尔姆赫斯特那几个姑娘一样为政治到处奔走,这房子会变成废墟的。"

"哼,你说她们!"他的声音带着轻视,"她们永远管不了家。"

"一分钟也管不了。"她断言。

两人又沉默了,但气氛不像之前那样生硬。两人觉得意气相投。

"你觉得伊拉斯塔斯有机会吗?"她把一根新线缠到织针上,开口问道。

"我觉得他会赢,毕竟他一直努力工作。"

"是吗?"

"是的,伊拉斯塔斯非常能干,没有他解决不了的问题,他十分精通所有商业手段。"

说到这他开始拼命忍着笑,霍普金斯太太好奇地看着他。

"你在笑什么?"她不屑地哼了一声,问道。

"笑他对付埃尔姆赫斯特的手段。伊拉斯塔斯简直太聪明了!"

"什么意思?"

"就是派伊莱扎去监视他们,报告他们的动向。除了伊拉斯塔斯·霍普金斯,还有谁能想出这种主意?"

"我不觉得这有什么好笑的。"霍普金斯太太轻蔑地说,"那个伊莱扎太轻浮太莽撞了,我叫伊拉斯塔斯别胡闹,那女孩会给他惹出麻烦的。"

"你这么跟他说的吗!"男人很惊讶。

"是这样没错。"霍普金斯太太很高兴能让对方大吃一惊,"伊莱扎那天早上不太正常,她还厚脸皮地把名字改了。"

"天啊!"男人惊呼,"霍普金斯太太,你之前认识她吗?"

"算不上认识。不过我见过她在斯夸尔斯小姐那里工作,她赚的不多。某天她偷了一个钻石戒指,我跟南希——南希就是斯夸尔斯小姐——说我一直都觉得那个贱人很可疑。她居然把戒指藏在壁炉台上的花瓶里,不过她离开之后南希就找到了。"

"是吗,是吗!这我倒不知道。"男人惊讶地看着霍普金斯太太。

"所以那天她大清早过来找工作时,我叫伊拉斯塔斯别跟她扯上关系。"

"是吗,她到这里来了?"

"那时候我在做早餐。她说她叫伊莱扎·帕森斯,正在找工作。我说我知道她是个小偷,想赶她出去。我们争吵时伊拉斯塔斯出来了,和她谈了一会儿。那女人卖弄风情,说她初来乍到,但我在斯夸尔斯小姐那里见过她很多次。"

"她叫什么名字?"

"应该是萝西或者是露西。我敢发誓,反正不是伊莱扎。但那丫头嘲笑我,她冲伊拉斯塔斯卖笑,伊拉斯塔斯就让我闭嘴，因为他要把政治上的事交给那丫头去办。"

"是吗，是吗！"男人不断重复，"接下来事情是怎么发展的？听说你给表姐玛莎写了一封介绍信？"

"是的。伊拉斯塔斯想让她去埃尔姆赫斯特，监视福布斯的动向，所以他叫我写了信。不过，你怎么对那丫头这么了解？"她突然怀疑地问。

"我吗？我是他的亲信之一，只知道霍普金斯先生讲过的内容。不过他没说过是怎么认识她的。"

"他根本不认识她，那天早上是他们第一次见面。伊拉斯塔斯说她很聪明，如果伶牙俐齿算聪明的话，那她相当聪明。我猜伊拉斯塔斯付钱让那丫头去做间谍了，他还不如把钱省下来光明正大地战斗。我一直不喜欢肮脏的政治。"

"我也是。"男人说，"但是我已经参与了，没法抽身。"

"伊拉斯塔斯也是这么说的。如果他做得不好，他们就会将他扫地出门。"

"伊莱扎对他有用吗？"

"不好说。那天早上他就把她送到了埃尔姆赫斯特，之后每周隔两三天就趁着夜色偷偷去见她。这可能也是政治的一部分，但我认为这有失体面。"

"选举快结束了，霍普金斯太太。"

"真是谢天谢地！"她说。

男人之后便沉默了，这位太太爱说闲话，已经把他想知道的都说了。最后他说：

"你丈夫估计要很晚才能回来。"

"是的，如果和往常一样，你就要等很久。"

"我还是去旅馆找他吧。我今晚必须回费尔维尤。"

"请随意。"她漫不经心地答道。

于是伯克先生——没错,他就是侦探——向她道了晚安离开了。他走了一会儿,玛丽才想起没问他叫什么。

"不要紧,"她想,"他只是伊拉斯塔斯的一个帮手,我待他已经算周到了。"

第十八章　伊莱扎·帕森斯

周日早上，伯克先生又来到了埃尔姆赫斯特，告诉肯尼斯他想和伊莱扎·帕森斯谈一谈。

"请不要叫她过来，这会让她起疑心。"他说，"我想假装偶然遇见她，不要惊动她。"

"这不太好安排，伯克先生。"肯尼斯笑着说。

"不见得。"露易丝说，"我觉得很简单。"

"女人就是聪明，先生。"肯尼斯笑了，"她们比我们强得多。"

"你打算怎么做，小姐？"侦探转头去问露易丝。

"我会让玛莎派她到花园摘花，"露易丝答道，"你可以在花园里逛逛，和她搭话。"

"非常好！"他大声说，"能马上安排吗？"

"我看看，先生。"

她找到玛莎，让玛莎派伊莱扎去摘些玫瑰和菊花。这些花长在僻静的地方，被常青的树篱包围着。

"别的女仆更熟悉花园。"管家提议。

"但我希望伊莱扎去摘。"

"明白了，露易丝小姐。"

露易丝站在楼上，从窗户里看着伊莱扎拿着篮子走进了偏僻的花园里，然后回到书房告诉伯克先生该去哪里。

"伊莱扎就在树篱的缺口后面。"她说，然后转身想走开。

"请等一下，"他叫住她，"我仔细考虑了一下，希望你能和我一起去，你的聪明才智会有很大帮助。你和伊莱扎熟悉吗？"

"不熟。贝丝和她说过话，我倒是从没接近过她。"

"你愿意跟我来吗？"

"当然了。"

"诗人萨克斯的诗在他生前不被同乡所接受，"伯克先生和露易丝一起走过小路，"但他去世后诗篇却受到大家的热烈追捧。你对此有什么看法吗？"

"我不太了解萨克斯。"她答道，看见不远处伊莱扎在一丛玫瑰前弯着腰摘花，"不过他有几首诗写得太棒了，让我印象深刻。"

伊莱扎听到声音，扭过头瞥了他们一眼，又立刻低头去剪玫瑰。

"他的最大败笔就是双关语。"侦探越走越近，仔细观察伊莱扎的行动，"这些双关语蒙蔽了他的同辈人，让他们体会不到他的才华。哎呀，这些玫瑰真漂亮，梅里克小姐！我能在扣眼里别上一朵吗？"

"当然可以了！"露易丝答道，两人正好停在伊莱扎身边，"麻烦你把那一朵剪给伯克先生吧。"

女仆立刻照办了，侦探从她手上接过花时开口了："哎呀，这不是伊莱扎·帕森斯吗？"

"是的，先生。"她漫不经心地答道。

"你不记得我了吗，伊莱扎？"

她有些惊讶，但仍旧很快回答：

"是的，先生。"

"我是威廉姆·伯克，你母亲的表哥。你怎么丢下弟弟哈利独自离家了，还有，最近你有收到约瑟芬的来信吗？"

女仆吓了一跳，向后退了两步。

"哦，这么巧！"露易丝嚷道，"我都不知道，原来你认识伊莱扎啊，伯克先生？"

"是的，她是我的亲戚，来自维吉尼亚州的罗阿诺克。对吧，伊莱扎？"

"是的，先……不对！我不记得！"她低声说。

"你不记得，伊莱扎？这就怪了。"

女仆恐惧地盯着他，然后迷茫地用手捂住眼睛。

"孩子，你不会变成你母亲那样吧。"伯克先生温和地说，"我可怜的表妹诺拉总是莫名地失忆，"他转向露易丝，"她有几天会忘记之前的经历，不过总能恢复记忆。失忆的时候她连自己的名字都会忘。你是不是也会这样，伊莱扎？"

她恳求地望着他，低声说道：

"别再说了！请别跟我说话！"

"一会儿就好，伊莱扎。"

她非常紧张，两只手紧紧扣在一起，篮子和剪刀掉到了地上。侦探专注地盯着她的眼睛，目光狡猾却和善。伊莱扎仿佛被他的视线迷住了。

"孩子，告诉我，你是不是忘记了过去？"他问。

"是的。"她小声说。

"可怜的孩子！你一直瞒着这件事，从没告诉过别人吗？"

她突然向后一跳，大喊一声。

"你在陷害我，"她喘着粗气，"你知道我不叫伊莱扎·帕森斯。你……你想毁了我！"

他们站在花园的角落里,女仆背后是高高的树篱,前面被伯克先生和露易丝挡住了路,她无路可逃。她环视四周,似乎打算逃跑,这时露易丝走上前轻轻抓住了伊莱扎的手。

"伯克先生是好人,伊莱扎,他是在担心你。"她的声音很温柔,饱含着同情,"如果你害怕的话,他就不会再接近你了。"

"我……我不害怕。"她摇摇头,情绪又恢复了冷静。

侦探给了露易丝一个眼神,露易丝心领神会。

"伯克先生,能不能麻烦你继续剪玫瑰?"她笑着问,"伊莱扎就和我一起去我房间,来吧。"不等对方回答,她就拉着女仆走开了,女仆的双手仍然紧张地扣在一起。

伊莱扎很乐意跟她走。一开始她的态度有些狂妄,但露易丝把她带到没人的边门,走进楼梯间后,她态度温顺下来,允许露易丝拉着她的胳膊。

露易丝拉着这个奇怪的女仆走,一进房间就把门锁上,然后笑着对女仆说:"现在只有我们两人了,能放开了说。坐在那个矮凳上吧,我坐这里。"

伊莱扎照办了,她惆怅地盯着新朋友的美丽脸庞。

"你很漂亮,伊莱扎,我敢肯定你人也很好。"露易丝说,"所以跟我说说你的身世吧,说说你现在过得好不好。从现在起,我就是你的朋友,我会为你保守秘密,还会尽力帮助你。"

这番体己话让伊莱扎产生了好感。她一直保持着警惕,现在稍微放松了些,表情柔和地看着露易丝。

"恐怕你不会对我感兴趣。"她答道,"但是我需要朋友——我真的需要朋友,露易丝小姐!"

"我想是的。"

"一开始我觉得没有朋友也无所谓，认为自己必须独处，不让任何人怀疑。但是，我越来越迷惑，不知道接下来该怎么做。"

"是啊，跟我讲讲吧，亲爱的朋友。"

"我没法讲，因为我自己也不知道。"她把身子向前探出来，轻声说，"我连自己是谁都不知道！但是刚才的男人，"她浑身一颤，"他想陷害我。他说他认识伊莱扎·帕森斯，但实际上根本没有伊莱扎这个人。那是……我编的名字。"

"我明白了，"露易丝点点头，"你必须有名字，所以你就编了这个名字。"

"是的。我不知道为什么会告诉你这些，我一直在拼命隐瞒这件事。或许我不该为这件事烦恼。最近我过得很快乐很满足，而且我有种感觉，我之前并不快乐。"

"什么之前？"

女仆看着她，脸慢慢红了起来。

"在我失去记忆之前。"

露易丝听完沉默了一会。她的表情富有表现力，委婉地表示了同情。

"你真的失去了记忆吗？"她问。

"是真的！我某天早上醒来，发现自己躺在路边，身上只穿了一件单薄的灰裙子，连帽子都没戴，冻得直发抖。太阳刚升起来，周围一个人都没有。我仔细检查了身上的东西，因为我不知道自己是谁，也不知道是怎么来到这里的。我的口袋里没有钱，身上也没戴珠宝。为了取暖，我开始沿着路往前走。我从没见过附近的景色,唯一确定的事就是我从没来过这里。

"小鸟们唱着歌,牛群在牧场里哞哞叫唤。我也跟着唱起歌,因为我的心情轻松又愉快。我一直走下去,走到一个小镇。但是那时还早,没有人起来。我就沿着大街走,看到有一家人烟囱里冒出了炊烟,突然觉得饿了。我走进那家院子,绕到后门,见有个女人在厨房里,我高兴地笑了,祝她早上过得开心。她不太欢迎我,但我愿意跟她说话。我喜欢听自己的声音,很高兴能和人谈话。她很不情愿地给了我一些吃的,然后要赶我走。她还用奇怪的名字称呼我,说我是小偷。我就撒谎说自己叫伊莱扎·帕森斯。不知为什么,这名字突然浮现在我脑海中,我就说这是我的名字,后来也一直用这个名字。"

露西说得简单明了,露易丝一下就来了兴趣,她问:"你对自己的真实姓名有印象吗?"

"那个早晨之前的事我都不记得。"伊莱扎答道,"我第一次看镜子时,觉得里面那张脸非常陌生,我得先了解自己。"她开心地笑了,"我猜我的年龄在十七到二十岁之间,但过去发生过什么,我完全不知道。我记不起任何跟我有联系的人,但生活以外的记忆还留着。我记得我读过书,会写字,会唱歌,会针线活。我的针线活做得非常好,以前肯定受过训练。我知道我国的历史,但想不起我住在哪里,也不认识这是哪里。我来到埃尔姆赫斯特,发现我知道这里,也知道福布斯先生,但和我之前的生活联系不上。"

"你是怎么来到这里的?"露易丝问。

"我忘记跟你讲了。后来我和那个女人争执起来,她是霍普金斯太太,我们争吵的时候被他丈夫听到。他来到了厨房，问我是什么人，我就把临时想到的答案告诉他，因为我不能跟他说实话。我很喜欢听自己的声音，而且我似乎很有幽默感，每说出一句风趣的话，我都会开怀大笑。我的心前所未有地轻松自由，不需要担心任何事。我就像小鸟，满足地沐浴着阳光和微风，快乐地歌唱。

"霍普金斯先生见我这么豁达，这么胆大妄为，决定雇我来这里当间谍，报告这里的人说了什么做了什么。我的调皮劲突然上来了，于是很乐意地接受了。无论是霍普金斯还是福布斯，我都无所谓。霍普金斯还会付给我钱，我知道钱非常重要。

"啊，最开始那几天我是多么自在！没有过去的烦恼，也没有什么愿望和梦想来烦我，只要活着就足够快乐。我吃得开心，睡得开心，我爱说爱笑，很高兴有工作可以做——这就足够了！但后来发生了一些事，让我很疑惑。霍普金斯说我以前是小偷，不能相信我，我想知道他说的是真是假。我以前很可能是个贼，一想到这个我就很愤怒，尽管我不介意去偷东西，我想要什么就能直接拿走。"

"伊莱扎！"露易丝倒吸一口气。

"听起来很坏吧？但这是我的真心话。一时兴起的念头对我有很大的吸引力。我知道什么对什么不对，以前肯定有人教过我这些。但我既愿意干好事，也愿意干坏事。然而我的鲁莽最近成了我的烦恼之源。

"后来我在这里遇到了一个年轻人——他说他叫汤姆·盖茨，他叫我亲爱的露西，说我以前很爱他。一开始我嘲笑他，因为这太荒唐了，我也不希望他爱我。但我后来发现他的话里有真实的成分。他说他的露西左臂上有伤疤，这让我很害怕，因为我的左臂上也有伤疤。我不明白这是怎么回事，我完全不了解原来的露西，我也害怕找到她，我害怕露西。"

"为什么？"

"我说不上来。我只知道我对这个名字很恐惧，一提到这个名字我就浑身颤抖。你认为她是个怎样的人？"

"要我告诉你吗？"

"不……不要！求你别说！"伊莱扎大喊，"我……受不了！我不想了解她。"

她拼命反抗，露易丝被她突然的歇斯底里吓了一跳。

"你想怎么做，伊莱扎？"她问。

"我只想做伊莱扎·帕森斯，永远不变。我想远离露西，远离一切认识露西、拿露西来吓我的人。你愿意帮我逃跑吗？我要逃到任何人都找不到的地方。"

"这样你就会开心吗？"

"肯定会的。唯一让我不开心的就是过去挥之不去的阴影。我肯定有过去，不然不会长得这么大。但我害怕过去，也不想了解过去！你愿意帮我逃跑吗？"

她提出这个可怜的要求，然后渴望地看着露易丝。露易丝温和地答道："我是你的朋友，伊莱扎。我要好好考虑一下，然后看看该怎么做。请耐心等待一段时间，只要我找到方法让你远离烦恼，我就会立刻来找你商量。"

"你会为我保密吗？"伊莱扎很不自在。

露易丝看了一眼通向贝丝房间的门。那门开着，但是伊莱扎没注意到，因为门在她背后。露易丝眼尖，一眼看到有个影子在地毯上一晃而过。

"我发誓会为你保密。"她诚恳地说。

两个姑娘面对面站了起来，露易丝吻了伊莱扎漂亮的脸蛋，轻声说：

"你要记住一件事，从今往后，我们是真正的朋友。如果有人来烦你，你就来找我，我会保护你。"

"谢谢你，露易丝小姐。"伊莱扎回了自己的房间，回去的路上她比平时更加安静，若有所思。

等她走后，露易丝就跑进贝丝的房间，满意地发现两个表妹、肯尼斯、约翰和伯克先生都在。他们肯定听到刚才的谈话了。

"好了，"露易丝迫不及待地问，"你们都听到了吧？有什么看法？"

"她就是露西·罗杰斯，毫无疑问。"肯尼斯说。

露易丝看着伯克先生。

"这是我遇到的最离奇的案子。"侦探说，"她心智健全，只是莫名地失忆了。我有两个建议：一个是立刻给脑科专家打电报；另一个是遂她所愿，让她离开。我敢说她一定很开心。"

"这可不行！"三个姑娘一齐抗议。

"为了她的父母和朋友，也为了她自己，她有义务恢复记忆。"肯尼斯说，"而且她当露西·罗杰斯也会很开心。"

伯克先生耸了耸肩。

"请立刻给专家拍电报。"约翰说。

第十九章　帕琪偷听

周一的拂晓时分，帕特丽夏·道尔因为牙疼醒了过来。她不常牙疼，这次却疼得受不了。她用热水袋来敷，反而更疼了。她换成冷水来敷，牙疼只是愈演愈烈。最后她穿上衣服下地走走，牙疼也丝毫没有减轻。

她本以为能在牙上找到龋洞，但那颗牙丝毫完整无缺。她其实是感冒了，身体在通过牙疼向她报告。

帕琪可忍不了这种折磨，她去找露易丝和贝丝诉苦，两人也无能为力，只能安慰她。吃完早饭，约翰要她坐车去镇上找牙医看看。

"要么拔了那颗牙，要么补上，总之你得去看牙医。"他说，"牙医知道该怎么做。"

詹姆斯就驾车把帕琪送到了镇上，九点钟他们就到了。埃尔姆伍德镇上唯一的牙医是斯夸尔斯医生，帕琪跑上五金店上面的楼梯，朝牙医的诊所走去。

路上牙疼缓解了一些，现在帕琪不太想把牙拔掉。斯夸尔斯医生的诊所门半开着，她犹豫到底要不要进。

牙医的接待室和治疗室只隔着一层薄薄的木隔板，帕琪还没拿定主意，她就听到木隔板后面传来愤怒的声音，声音的主人正是伊拉斯塔斯·霍普金斯。

她悄悄溜进接待室，坐在椅子上。

"你是这次选举的书记员，斯夸尔斯，你否认不了这一点。"霍普金斯愤怒地大吼。

"那倒是。"牙医的声音比他冷静多了。

"你肯定拿到了管辖范围的选民登记册。"

"我是拿到了。"医生答道,"但是伊拉斯塔斯,你这是在害我,如果事情败露,我们两个都得去坐牢。"

"胡说!"霍普金斯愤怒地大喊,"这种事每天都在发生,没人出过事。这只是政治游戏的一部分。"

"我很害怕,伊拉斯塔斯。"斯夸尔斯医生说,"老实说,我非常害怕。"

"你究竟在害怕什么?别的书记员我都搞定了,他们都支持我们。你只需要把那66个名字写到选民登记册上,到时候让那些人去投票,我们就能胜出了。"

帕琪倒吸一口凉气,声音非常轻,牙疼已经被她抛之脑后了。

"那些人都在哪?"斯夸尔斯医生问。

"都在锯木厂里。马歇尔把他们从各地招聘过来,他们今天就能开始工作,这一切表面上都是合法的。"

"那他们的吃住怎么办?"医生问。

"有40个睡在海斯家的粮仓里,剩下26个住在锯木厂车间顶楼的储藏室。马歇尔建立了一个物资供应部门,效仿军队为他们定量分配食物。当然,花销都是我负担。"霍普金斯有些懊悔地说。

"你认为这66票会扭转局面吗?"

"当然了。我们昨天完成了最后的调查,根据那些数据,福布斯最多比我们多18票。相差得不多,但如果得不到锯木厂那些人的选票,我们肯定会输。如果有必要,马歇尔可以召集100人,但66个就够了。就算福布斯多出36票,这66票也能让我和他拉开差距,轻松获胜。"

霍普金斯说完,医生暂时没有回话,或许他在考虑。

"那66票是我必需的,医生。"霍普金斯又重复了一遍,"这是我唯一的获胜方法。"

"你把整个选举活动搞得一团糟。"斯夸尔斯不满地说。

"没这回事,我的许多工作都颇有成效。都怪那些可恨的丫头们过来搅局,把局面搞得乱七八糟。"

"你不该用广告的事来攻击他们。那些姑娘就是利用这点击败你的。"

"如果没有广告的事,我们的处境可能会更惨。但我还没输,斯夸尔斯医生,我们要赢了。除非那些丫头在政坛上混成老手,否则她们永远不会懂得我们的把戏。"

"非法登记选民可是要判重罪的。"牙医阴沉地说。

"没人发现不就没事了。我可以保证,不会出问题的。登记册在你手里,而别的书记员我都打点好了。失败的话我就得进监狱了,你觉得我没有把握就会去冒险吗?"

"听我说,伊拉斯塔斯,"斯夸尔斯不肯让步,"这次活动中你一直在狠狠地利用我。就为了你能当选,凭什么我要付出这么多?我原来竞选县长时,你就把我当了牺牲品。"

"我赔偿了你不少钱,医生。"

"现在你又为了自己的利益让我担风险。我不会帮你的,伊拉斯塔斯,我心意已决。"

霍普金斯先生咳嗽了一声。

"你要多少,医生?"他问

医生沉默不语。

"说个数字。但是你开的价一定要适当,别狮子大开口。这场斗争已经花了我不少钱了。"

第十九章 帕琪偷听

"我不想要你的钱。"斯夸尔斯低声抱怨。

"你当然想要了,医生。我比你自己还要了解你,你的烦恼就是想要太多钱了。"

斯夸尔斯尴尬地笑了。

"马歇尔可以信任吗?"他问。

"当然了,如果他敢泄露一个字就要丢掉饭碗。不用担心马歇尔,什么都不用担心,医生。"

在外面偷听的帕琪现在不觉得牙疼了。她的心在狂跳,所幸令她激动的不是疼痛而是欢乐。

"我冒的风险至少值两千美元,伊拉斯塔斯。"牙医说。

"什么!除了之前的花销,还要两千?"

"这个价很讲良心了,先生。花两千你就能当选,就能确保美好的未来;如果你落选了,就别想再翻身。你应该很清楚吧?"

"你要的太多了,医生,我只有这一句话。"

"这还算少呢,你好好算算。我干脆要三千好了。"

"医生!"

"伊拉斯塔斯,如果你再冲我这么扑过来,我就要四千了。"牙医愤怒地大喊。

"两千五百,不能再高了,医生。"

"成交!立刻把签好字的支票给我,立刻!"

"你会把那些人的名字写到登记册上吗?"

"现在就写。你有那些人的名单吗?"

"有,在我口袋里。"霍普金斯先生说。

"你先写好支票,我就去拿登记册。"

坐在木隔板外面的帕琪打了个机灵，忙从椅子上站起来，蹑手蹑脚地溜出门口，从楼梯上飞奔而下。詹姆斯正坐在门外的马车上愣神。

帕琪跳进马车，把车夫吓了一跳。

"尽快驾车走！"她大喊，"驾车回家！"

车夫往马儿们身上甩了一鞭子，它们就精神百倍地撒腿跑起来。没过多久马夫笑着问帕琪："疼吗，帕琪小姐？"

"哪里疼，詹姆斯？"

"拔牙啊，帕琪小姐。"

"我没拔牙。"帕琪笑着答道，"用不着拔，詹姆斯。不过伊拉斯塔斯的小辫子倒是被我拽住了。"

第二十章 不再烫手的山芋

帕琪到家后召集了一帮人,把她在牙医处偷听到的内容一五一十地说了出来。

"偷听私人对话不是件光彩的事。"帕琪说,"但我发现他们想要手段对付肯尼斯,我就忍不住听到最后了。"

"我觉得情有可原。"沃森先生面色凝重,"因为这件事真的非常严重。明天就是选举日了,要是你没有牙痛去看牙医的话,肯尼斯肯定会输。"

"我们就永远搞不懂为什么会输了。"约翰说。

"最后一天我们能阻止得了他们吗?"露易丝紧张地问。

"可以的。"沃森先生说,"斯夸尔斯医生说得没错,这么做要进州立监狱。我们揭发之后,伊拉斯塔斯·霍普金斯和斯夸尔斯医生都要进去。那个锯木厂厂长马歇尔或许得跟他们一起进去。"

"啊,我不希望这样!"帕琪大喊。

"我也是。"肯尼斯表示赞同,"我刚开始政治生涯就把三个人送进监狱,这可不太好。如果可以的话,我想尽量避免。"

"这件事应该是他们私自安排的。"老律师说,"如果他们知道非法登记的事被你发现,就不敢让那些人去投票了。"

"让伯克侦探去锯木厂和马歇尔谈谈怎么样?"贝丝建议。

"这主意不错,他肯定能让厂长中止计划。"

"我要亲自见见霍普金斯。"约翰宣布,"我知道怎么对付他那类人。"

"很好。"老律师很赞成,"我去见见斯夸尔斯。"

"你要是去见他的话,"帕琪说,"就让他签一张声明,就说露西·罗杰斯没有偷戒指,对她的指责是不公正的。是斯夸尔斯老太太自己放在花瓶里的,后来忘记了。"

"我会的,"沃森先生答道,"我还会要回汤姆·盖茨给他的60美元。交换条件是我们不会提起诉讼。"

"看起来这次选举是我们赢了。"约翰开心地说,"霍普金斯不得不对票箱动手脚,想必他自己也认输了。"

"他对斯夸尔斯医生承认这一点了。"帕琪高高兴兴地说,"我们至少有18票的优势,可能还会更多。"

"肯定会多。"约翰预言。

"我看可以安排庆祝活动了,肯。"露易丝说。

"言之过早了,表妹。"他答道,"等到明天晚上吧。也不要祝贺我,要祝贺的当然是我的活动经理人——三位活泼可爱、聪明绝顶的表妹了!"

"你说得没错,孩子。"约翰说,"你之所以能扭转乾坤,坐上众议员的位置,全靠三个姑娘。"

"是啊。"老律师笑了,"你们来的时候肯尼斯觉得自己输定了。"

三个姑娘听到这番夸奖非常开心,但更高兴能为肯尼斯效力。她们相信肯尼斯会成为一个好议员,也会兑现对选民的承诺。只要他照做,他的政治生涯就会一帆风顺。

伯克先生下午带来了脑科专家霍伊特医生的电报,上面说他会在星期三中午到达埃尔姆伍德火车站,他最近的日程很满,没法立刻赶过来。伯克先生还建议众人牢牢看住伊莱扎·帕森斯,以免她逃掉。

"我会处理好的。"露易丝立刻答道,"伊莱扎和我是朋友,我会照顾好她的。"

"你不去投票现场吗?"帕琪问。

"不,我为什么要去?我们的工作已经结束了。"

"我还要到投票现场去争取每一张票。"帕琪宣布,"肯尼斯获得18票以上的优势我才开心。"

霍普金斯的计划曝光后,伯克先生表示很乐意去费尔维尤见见马歇尔厂长。所剩时间不多,他就坐了汽车出门了,正好能赶在锯木厂关门之前到达。

第二天就是选举日,锯木厂不开门,伯克先生求见时马歇尔厂长正忙得不可开交。

"你得周三再过来。"马歇尔虚张声势,"我现在没空理会你。"

"很抱歉打扰你了,先生。"侦探答道,"不过我的事可等不到周三。"

"什么事,先生?"

"关于明天的选举。"

"那就更别来烦我,我对选举不感兴趣。"马歇尔先生转身要走。

"好吧,先生,那我就周三再来,去监狱里拜访你。"

马歇尔瞥了他一眼:"你是谁,先生?"

"约翰·伯克,侦探。"

厂长犹豫了片刻。

"请进,伯克先生。"他说。

"我代表福布斯。"侦探走进私人办公室坐了下来,"我们发现斯夸尔斯医生对66个人进行了非法登记,这些人是你找来的,现在正在工厂里工作。"

"简直胡说八道!"厂长脸色苍白,大声反驳。

"40人睡在附近的粮仓里,剩下26人睡在工厂的储藏室里。"伯克先生继续施压。

"这不是犯罪,先生。"

"是啊,不算犯罪。目前只有非法登记属于犯罪。"侦探温和地说,"但是我提醒你,先生,如果这些人明天参加选举,我就会拘留你,还有霍普金斯先生和斯夸尔斯先生。"

"太荒谬了,先生!"厂长大叫起来,"他们绝不会参加投票。"

"我确定他们不会。"侦探答道,"你要感谢福布斯先生及时提醒你。他想救你,就派我来找你了。"

"哦,是吗?"马歇尔先生非常惊讶,"我能问问你是怎么知道详情的吗?"

"我不能告诉你详细情况,只能说是霍普金斯先生自己不小心泄露的。我见过不少耍阴谋的政治家,马歇尔先生,但这个霍普金斯太愚蠢太鲁莽了,他不可能成功。他就该输,也马上会输。"

厂长陷入了沉思。

"我从没听说过有这种事。"他说,"我招这些人来只是为了帮我及时完成一笔生意,所以才雇佣了他们。我完全不知道霍普金斯和斯夸尔斯要他们明天去投票。"

他明显在装糊涂,但伯克先生没有多说什么,接受了这个说法。

"你在本地声望很高,马歇尔先生。福布斯先生似乎认为霍普金斯那帮人想拉你下水,要是那些人参加投票,肯定会给你惹麻烦。"

"当然了,伯克先生,我非常感激福布斯先生的提醒。"

"马歇尔先生,你会发现下一任议员性格随和,值得拥戴。祝你愉快,先生。"

"祝你愉快,伯克先生。"

侦探走后,马歇尔先生沉思良久,然后他召来主管说:"请在工人们回家之前把他们召集到院子里,我有话要讲。"

这命令下得正是时候,因为工人们正打算下班回家。他们聚集在大院里耐心地等待。

马歇尔爬到木材堆上面,简短地对他们讲了几句。

"伙计们,"他说,"一星期之前,我还让你们投票给霍普金斯,推举他当众议员,因为我相信他当选后会给工厂带来更多的商机,给员工更好的福利。但是经过我近距离观察,我改变了主意。福布斯是个后起之秀,他能为我们做的比霍普金斯更多。所以投票的人如果能投给肯尼斯·福布斯,我会很高兴。"

底下的工人们欢呼起来。等大家静下来后,厂长继续说:"那些新来的人还没有登记入选民册,当然没有权利参加这次选举。我会命令他们远离投票处,任何想非法投票的人都立刻会被拘留。"

这次欢呼声更大了,因为工人们都在怀疑那些新来的会非法参加选举。发现没这回事后,他们都松了一口气,表示很满意。

与此同时，约翰和霍普金斯先生"玩得正开心"。

约翰性格单纯谦虚，却能敏锐地看穿人的本质。作为一个百万富翁，他遇到过各式各样的人，在与这些人的交往中积累了大量的社交经验。事已至此，他很高兴可以见见霍普金斯先生。

约翰坐上车风尘仆仆地赶到埃尔姆伍德，在霍普金斯家里的"办公室"中找到了他。霍普金斯先生正忙着给他的帮手们讲述在选举现场该怎么做。

霍普金斯先生知道梅里克是肯尼斯·福布斯的朋友，他有种不祥的预感，少说也得和来人大吵一场。于是他立刻把帮手们遣散了。

"啊，你是梅里克先生吧，"霍普金斯先生殷勤地说，"需要我为你效劳吗？"

"如果你愿意，你有好多事可以做。"对方答道，"其中一件事是，我要从你这挖走伊莱扎·帕森斯。"

"伊莱扎·帕森斯！"霍普金斯倒吸一口气。

"没错，就是你的间谍。选举快结束了，你也不再需要她了吧？"

"先生，你这是在侮辱我吗？"霍普金斯愤怒地问。

"当然不是。我只是说你用不着伊莱扎了。"约翰轻笑一声。

霍普金斯先生明显松了一口气。他回想了一下自己用过的各种手段，还以为对方会用更严重的问题来质问他。所以他装出一副和善的表情，说道："先生，你冤枉我了，伊莱扎·帕森斯不是我的间谍。我只是想鼓励她，让她的精神生活更丰富。她为人轻浮，缺乏责任感，我对此感到很遗憾，先生，仅此而已。如果她搬弄是非，那些全都是说胡话。我很遗憾地发现她有时会——异想天开。"

"或许是这样。"约翰漫不经心地说，"据说你是个好人，霍普金斯先生。你太诚实太正直了，不适合做政治家，不过这些都有情可原。"

"我希望自己能名副其实，梅里克先生。"霍普金斯听到称赞顿觉神清气爽，"我也确实在努力贯彻正直的原则。"

"我想也是，你应该不会做出非法登记之类的事吧。"

"先生！"

"有什么问题吗，霍普金斯先生？"约翰装模作样地问。

霍普金斯拼命压制住自己的紧张，但还是忍不住颤抖起来。梅里克先生只是随口一说，不可能有别的意思，自己必须镇定。

"先生，说话要留口德，我没时间听你胡言乱语。明天就是选举日，我还有许多细节要安排。"

"你不会去吃牢饭吧？"

"你这是什么意思？"

"我只是在想，如果你做了什么容易惹麻烦的事，你就得好好安排一下漫长的牢狱生活了。有些政治家会犯错误，但是霍普金斯先生你这么诚实，根本不可能耍手段对吧？"

霍普金斯先生又心虚了，他仔细端详着这位让他一惊一乍的客人，试图分辨那到底是无心之言还是有意为之，是不是对方真的知道了什么。但约翰只是露出从容的微笑，继续说道："我想你将面对一场苦战，你的朋友福布斯在全力为自己争取，你们肯定有一方败落。"

"哦，是的，福布斯。"伊拉斯塔斯试图平复情绪，"他是个值得尊敬的年轻人，先生，但他获胜的可能性很渺茫。"

"现在也是吗？"约翰假装对此有点兴趣。

"他很难获胜，梅里克先生。我们占大多数，票数比他多很多。"

"你认为能多多少票？正好66票？"

霍普金斯先生吓了一跳，脸涨得通红。

"差不多66票。"他茫然地重复，想判断对方是不是又在试探他。

"没错，锯木厂的人让你整整多出66票。"

他说中了。霍普金斯明白梅里克可能已经知道了自己的计划，至少在怀疑他了。他拼命地在脑子里搜寻对策，最后得出一个结论：如果对方什么都知道了，他就没必要这样反复试探自己，肯定会立刻直奔主题。于是他无视了这句话，只是说：

"先生，你还有别的事吗？"

"没有了，"约翰说，"我想我该回家了，大家都在等我。很遗憾福布斯没得到锯木厂的66票，希望斯夸尔斯先生把他们合法地登记入册，然后他们再投票给霍普金斯。"

"请等一下，先生！"见约翰转身要走，霍普金斯大叫起来，"你得向我解释一下这番话。这究竟是什么意思？"

"哦，是吗？也好。你或许不知道，斯夸尔斯登记了66个非法选民，我想知道这66票你是全给自己还是分一半给福布斯。"

"如果斯夸尔斯做了非法登记,他就必须承担后果。希望你能理解,先生,我从来不赞同使用肮脏手段。"

"这件事就这么了结了,你不会让他们去投票吧?"

"非法登记的人都不能参加投票。"

"很高兴听到这句话,霍普金斯先生。或许你还能要回那两千五百美元,斯夸尔斯应该还没兑现。"

伊拉斯塔斯像野牛一样怒吼起来,而约翰只是平静地走出门爬进了马车。临走之前他回过头,从窗户中看到霍普金斯先生愤怒的脸,不由得开心地笑了。

沃森先生刚离开牙医的诊所,正好在街角遇到来接他的约翰。老律师的成果比其余两人都丰厚,他不仅拿到了露西·罗杰斯的免罪书和霍普金斯的控告书,还拿回了汤姆·盖茨付出的六十美元。牙医吓坏了,干脆把心一横,既然阴谋败露,要是自己被拘留,拉自己下水的人也不能独善其身——他一五一十地把整件事讲清楚了,在控告书上签了字。沃森先生礼貌地向他保证不会拘留他。牙医已经把霍普金斯的支票兑现了,他清楚议员要不回这些钱,所以他其实没什么损失。

当天晚上,埃尔姆赫斯特的餐桌上欢声笑语不断。

"你们看。"约翰向大家说明,"最开始这件事像个烫手山芋一样棘手。但毕竟只是个山芋,我们吃上几口,这件事就解决了。"

第二十一章　费尔维尤来报

今天是选举日，天气很好，阳光明媚，但空气中透着一股寒意，预示着寒冬将至。

约翰建议在投票处为选民提供热咖啡，于是肯尼斯让人在所有的投票处搭建了小棚子，全天免费提供高级咖啡，小棚子上面还不忘拉上福布斯的横幅。这一举动引来众人的一番评论，因为这个做法很新鲜，当地人从来没见过。

"你可不能指望霍普金斯这么大方，"一个农夫对另一人说，"他太小气了。"

"哦，你说这个啊，"对方答道，"这是为了拉选票，你也知道的。"

"或许吧，"最开始的农夫说，"但是比起什么都不做的人，我更愿意投给大冷天送我热咖啡的人。我们都是要上钩的鱼，干吗不挑有饵的钩子咬？"

帕琪和贝丝乘着插满彩旗的汽车挨个巡视投票处，她们所到之处皆是欢声一片。

大家都注意到霍普金斯先生没有到场。并不是因为他胆小，而是因为他遇到了一场不幸的事故。

斯夸尔斯和霍普金斯至今都不明白他们的秘密计划是怎么露馅的。他们都不知道帕琪曾经偷偷来到过牙医诊所里，所以他们都怀疑是对方疏忽大意，不然就是刻意出卖自己。约翰离开后，伊拉斯塔斯风风火火地冲进了斯夸尔斯的诊所，发现对方正因为成了共犯而使劲抱怨他。

两个人气冲冲地大眼瞪小眼，都说不出什么中听的话。斯夸尔斯医生受了霍普金斯的指责，不禁大动肝火，对着霍普金斯指手画脚地骂，一不小心打到了他的右眼上，力道很猛，致使那只眼睛受伤不轻。

选举日那天，霍普金斯早上醒过来，发现右眼肿得厉害。这样出门可没法为自己争取选票，他只能哀叹一声，一整天都待在家里责怪妻子。饱受折磨的妻子只能口头上抱怨他几句。

霍普金斯还早早给费尔维尤的马歇尔打了电话，叫他不要让那些人参加投票。马歇尔只是简短地回了他一句："别紧张，我们又不是笨蛋！"

霍普金斯听了更是火冒三丈。

"伊拉斯塔斯，"玛丽·霍普金斯看着垂头丧气的丈夫，半是好奇半是轻蔑，"我看你已经无力回天了。"

"等着瞧，"伊拉斯塔斯忿恨地说，"这事还没完。"

这一天顺利地结束了。所有的选民都投了票，日落时分开始统计选举结果。计票非常慢，埃尔姆赫斯特的一帮人都聚在书房里等着各地的电话报告，但是电话迟迟不来。

之前共和党委员会给了福布斯先生一张调查表，统计了每个地区的选票数量。

埃尔姆伍德首先来了报告，肯尼斯的票数比预期中要多，比霍普金斯多17票。帕琪很高兴，她一直在埃尔姆伍德做各种工作，这证明她的付出有了回报。然后杰斐逊县的朗维尔也来了报告。霍普金斯比福布斯多43票。这个结果出人意料。下一条消息报告华盛顿县霍普金斯也占上风，他多出12票。埃尔姆赫斯特的人都诧异地看着彼此，帕琪差点哭出来。

仆役长准备好了晚餐，但只有露易丝和沃森先生吃得下东西。剩下的人都死守着电话等待命运的宣判。

计票里有一点很奇怪,那是最远的地方要最先报告。杰斐逊县开始连续汇报,大家都屏住呼吸倾听结果。霍普金斯在三个不同的地方分别多4票、7票、22票。

"看来霍普金斯大获全胜了,"肯尼斯平静地说,"我不知道共和党委员会的调查报告为什么会差这么多。"

"是这样,"约翰说,"那些选民不会老实说明到底要投给哪边,谁来问他们,他们就说要投给谁。而且人们还会在最后一刻改变主意。调查表只能体现出平均数。"

截止到9点,第八选区内的杰斐逊县地区计票完毕,票数是霍普金斯多108票——票数相差悬殊,看来是追不回来了。华盛顿县的形势倒还不错,县里的合计报告表明霍普金斯稍占优势,但多的票数只是12票。

"现在全看杜普里和费尔维尤了,"肯尼斯宣布,"但我还没得到这两个地方的联络。我们在埃尔姆伍德赢过了霍普金斯,照目前的情况判断,他最多不过多出160票。姑娘们,打起精神来,输了也没必要伤心,因为我们努力奋斗了一场。你们都累了,可以先去休息,明天早上结果就会出来。"

但是没有人动弹。失望使得他们焦躁不已,他们下定决心要等到最后的报告。

"先生,有电话。"汤姆·盖茨说。

肯尼斯拿起话筒。

"是杜普里,"他说,"我们比霍普金斯多211票。我看看,现在我们多74票。"

"万岁!"帕琪高兴地大喊,"我现在发生什么都不在乎了，老霍普金斯得意不起来了，除非……"

"等一下，"肯尼斯说，"最后费尔维尤来报了！"

众人屏住呼吸，盯着肯尼斯的脸。肯尼斯拿起话筒时激动得涨红了脸，然后又突然面色苍白。他转向期待已久的众人，贝丝从他眼中的神采猜出了结果。

"费尔维尤的六个选区我们占优，获得641票，"肯尼斯的声音充满敬畏，"我们比对方多将近400票！"

众人都惊呆了。然后约翰慢慢站起身来，握住肯尼斯的手。

"这意味着我们赢了，大获全胜。"他说，"肯尼斯，我们恭喜你。"

帕琪把头埋在手帕里痛哭，贝丝的大眼睛里充满泪水，露易丝由衷地笑了，说道："我一直坚信我们会赢的，我们这边的候选人可是最棒的。"

"我们的活动经理也是最棒的。"约翰骄傲地补充。

"或许如此，"贝丝表示赞同，"但获胜的关键还是因为帕琪的牙疼。"

第二十二章 复苏

第二十二章 复苏

周三中午，詹姆斯和伯克先生在火车站接到了脑科专家，把他送到埃尔姆赫斯特。

霍伊特医生相貌英俊，长了一头灰发，有一双温和的眼睛，举止行为都很得体。当他被带进书房时，几位淑女立刻被他吸引了，大家一眼就能看出来这位医生很自信。但霍伊特医生对露西的病例讲得很含糊。

"这种病例不算太稀有，"他说，"但是每个病例都不一样。病人不一定能恢复，就算能恢复，通常也会很慢，不过某些病患也可以完全恢复记忆。伯克先生对我描述过露西·罗杰斯的情况，我们希望她能完全恢复。不然就只能等待，或者用事故唤醒她沉睡的内心。她的病例很有意思，如果你们允许，我想做个实验，这个实验就算失败也不会给她造成任何伤害。"

"我们全权交给你了，先生，"约翰说，"按你的主意来就行。"

"谢谢你。"霍伊特医生鞠了一躬，然后转向几位姑娘，"你们哪位和露西·罗杰斯是朋友？"

露易丝说她和伊莱扎已经成了好朋友。

"你愿意协助我吗？"他问。

"非常愿意，先生。"

"我想让露西进入深度睡眠，首先不能让她察觉我的意图，然后在这种情况下唤醒她的潜意识。你有什么方法可以实现吗？"

露易丝想了想。

"先生，你打算用什么方法？"她问。

"方法很多，我推荐使用强力安眠药。你手头上有甜点或者糖果吗？"

"正好有。我刚从纽约收到一盒精致的小糖果，但伊莱扎不一定会吃糖果。"

"那我们就用不同的方法多准备些。但是你要小心，梅里克小姐，你不能误食。"

露易丝笑了。

"我会小心的，先生。"她保证道。

两人开始商量计划，不到一小时的时间一切就都安排好了。

露易丝回到房间披上外套，在头上缠了绷带。然后她叫来玛莎说自己头疼，让玛莎叫伊莱扎到暗室陪自己坐一坐。

伊莱扎马上过来了，她看起来还是那么开心自在。她对露易丝表示同情，询问有没有什么能效劳的。

"只要坐下来陪着我就好了，我的朋友。"露易丝答道，"头疼不是很严重，但我睡不着，觉得很疲惫。希望你能和我聊聊天，让我开心点。"

伊莱扎笑了。

"聊天简单得很，"她说，"但要逗你开心，露易丝小姐，这可就难了。"

露易丝提起了选举中的趣事，伊莱扎听了表示很感兴趣，两人就这样聊了一个多小时，露易丝才开始执行计划。

"我给霍普金斯先生报告了一些蠢话，希望没有影响到福布斯先生。"伊莱扎说，"其实我也没给他报告什么。"

"当然没有影响，福布斯先生已经当选了。"露易丝答道。然后她又漫不经心地说，"玛莎给了我一罐柠檬汽水，我不太想喝。你要来一杯吗，伊莱扎？"

"不，谢谢。"她摇摇头，"我从没喝过柠檬汽水。"

"那你要吃三明治吗？"

"我不饿，露易丝小姐。"

露易丝暗自叹了口气。柠檬汽水和三明治都被霍伊特医生"动过手脚"了。然后她拿起手边那盒糖果："你可要尝尝这些糖果，朋友，女孩子都喜欢吃糖果。"

"我好像不喜欢。"伊莱扎淡淡地说。

"来一块尝尝吧，你吃了我才开心。"露易丝好言相劝，从盒子里仔细地挑了一块出来，"尝尝这个，这种的非常好吃。"

伊莱扎犹豫了一下，最后还是伸出手接过了糖果。露易丝靠到椅子上闭上双眼，生怕眼里现出期待的神情出卖自己。等了一会儿她睁开眼睛，见伊莱扎正慢慢晃着摇椅嚼着糖果。

霍伊特医生最初的建议很有效。尽管准备了各式各样的途径来诱惑伊莱扎，但最有效的还是糖果。

露易丝很兴奋，不过仍旧继续着对话。她开始绘声绘色地讲述他们最初接到报告时的紧张样，大家都以为霍普金斯要赢了。

伊莱扎把头靠在椅背上，笑了一两次，然后就觉得露易丝的声音像催眠曲了。摇椅不规则地摇晃着，很快就静止了。伊莱扎陷入了深深的睡梦中。

露易丝轻轻站起身来，摇了摇铃。脚步声接近了门口，然后响起了敲门声。露易丝应门之后，霍伊特医生、伯克先生和两个仆人走了进来。

医生走到熟睡的伊莱扎身边,轻轻翻起她的眼睑看了看,然后满意地点点头。

"她没有怀疑吧?没有对失去意识做出抵抗吧?"他问。

"完全没有,先生。"露易丝答道,"她吃了糖果,直接睡着了。"

"很好!"医生说,"我们要把她搬回她自己的房间,放到她自己的床上。我要和伯克先生驾车去她原来的家里做些安排。"

"她不会醒过来吗?"露易丝问。

"明天早上才会醒过来,希望她醒来时已经想起了一切。"

贝丝认识罗杰斯太太,就和霍伊特医生一起去了罗杰斯家的农场,她认为有必要把这个消息委婉地告诉这位可怜的老太太。贝丝很机灵,知道该怎么做。她讲述了他们如何搜寻露西,如何在埃尔姆赫斯特发现一个女仆和露西长得一模一样,然后侦探怎样断定女仆就是露西,但她因为精神失常,失去了以前的记忆。

罗杰斯太太很聪明,完全理解了事情的来龙去脉。找到了宝贝女儿她非常高兴,只是害怕露西再也想不起她这个妈妈,再也不愿意留在这个贫寒的家里。

然后霍伊特医生接过话头,说他见过许多完全康复的病例。

"这次我要放手一搏,"他说,"不过我有理由相信我们会成功的。你的女儿肯定是在这个家里精神失常的。我们不知道她漫步了多久，不过从她出门到在路边睡着肯定没过多久。她醒来后脑中一片空白，完全忘记了之前的经历。现在为了让她恢复记忆，我要让她把这些过去倒着经历一遍。她现在处于深度睡眠中，麻醉药让她的大脑处于休眠状态。那其实是一种昏迷状态，我希望她能在这个房子里醒来，处在她以前熟悉的环境里。我想通过这种方法唤起她以前的记忆。"

罗杰斯太太冷静地接受了医生的提议，她对医生抱有信心。她的意志让医生感到钦佩。老威尔紧张得直发抖，他怕实验失败。霍伊特医生决定给他服点镇定剂。

露西的房间被布置得和她离开时一样，然后访客们又回到了埃尔姆赫斯特。

晚上，医生带上熟睡的露西和露易丝安排的一个女仆，又去了一趟罗杰斯家。

女仆帮露西更衣，让露西躺在自己的床上。霍伊特医生留在这里，女仆回到了埃尔姆赫斯特。

医生和罗杰斯夫妇聊到很晚，等夫妻俩睡下后，他就躺在小客厅的躺椅上休息。这位专家完全忘记了出诊费和舒适的问题，他一心都扑在这个奇特的病例上。

第二天早上，罗杰斯太太很早就起来了，在老威尔的协助下做好了早餐。不算大的客厅里摆上了小餐桌，咖啡的芳香气味充满了房子。霍伊特医生要了一杯咖啡，走到门外的游廊上，隔着窗户观察屋内。

"她醒了，尼尔！"老威尔的双腿止不住地打颤。

罗杰斯太太急忙站起来走到楼梯边。

"露西！露西！"她大喊。

"我在！"一个迷迷糊糊的声音答道。

"早饭做好了!"

两位老人激动地坐在餐桌旁等着女儿下来。时间过得很慢,他们仿佛觉得等了一个世纪。不过医生知道其实没过多久。

楼梯上传来了轻快的脚步声,然后露西来到一楼。

"早上好,亲爱的妈妈!"她的声音甜美又温和。她弯下腰,在罗杰斯太太额上留下一吻。

医生看了看表。

"我得走了,"他说着转身离开,"现在还能赶得上早班车。"